감성시객 詩客

김재진 시집

시음사
시사랑음악사랑

본문 시낭송 감상하기

QR 코드 스마트폰으로 QR 코드를 스캔하면
시낭송을 감상할 수 있습니다.

 제목 : 핑계
시낭송 : 최명자

 제목 : 흑백 사진
시낭송 : 김지원

 제목 : 제주도
시낭송 : 박남숙

 제목 : 비밀의 화원
시낭송 : 최명자

 제목 : 멈춰진 시선 끝에는
시낭송 : 박순애

 제목 : 생각 없이 살아온 나날들
시낭송 : 박영애

 제목 : 지지 않는 꽃
시낭송 : 박영애

 제목 : 낙향
시낭송 : 박순애

 제목 : 봄이 오는 소리
시낭송 : 박영애

 제목 : 형제의 강
시낭송 : 박영애

 제목 : 비련
시낭송 : 박영애

 제목 : 하현달
시낭송 : 최명자

 제목 : 산사의 꽃차
시낭송 : 김지원

 제목 : 바람 본색
시낭송 : 박순애

제목 : 가을비
시낭송 : 최명자

제목 : 가을 안부
시낭송 : 박영애

 제목 : 발그림자
시낭송 : 김지원

시인은 자연을 이야기하고
시낭송가는 자연을 품었다.
글자는 날개를 달아 언어로 날고
소리는 자연에 눕는다.

시인의 말

시객이라 하면은
"시를 짓는 풍류객"
이란 의미로 쓰이는데…
제게 시객이란
시의 세계에서 객이다.
"손님이다"라는 의미로 써봅니다.
평범한 지아비로
가난한 두 아이의 아빠로
세상의 무지렁이로 살다가
은인을 만나 늦깎이 등단을 하고
4년여의 습작과 고심 끝에
첫 시집을 냈습니다.
내가 살아온 이야기를 경험치를
운율 조금 보태서
부족한 필력이나마 밤을 지새웠습니다.
다녀간 흔적을 남기고 싶었습니다.

시인 김재진

■ 목차 ■

▪ 목차 ▪

1. 끌림의 미학

밤새 서리꽃이 내렸다
지나는 바람이 연인이었을까
서설에 붉힌 동백꽃 봉우리가
순간 마음을 도둑질하고 내뺀다
심장이 뛰고 떨림이 오고
오뉴월 붉은 장미가 그러했을까

저 멀리서 보이었는데도
얼굴빛 곱게 다듬인 여유로움에
연인처럼 다가서는 사람이 있다
예전에 어디서 마주한 것일까
첫 향기는 왜 이렇게 설레게 하는 것일까
그 사람의 고운 자태가 한동안 가시질 않는다

꽃이 곱다고 꺾을 순 없었다
인연의 향기도 취할 수는 없었다
그저 가만히 두고 마주 보아도
같은 공간에 머물기만 하여도
짧은 순간에 강렬한 설렘의 연으로
일생에 좋은 추억으로 기억될 것이다

내 얼굴에도 웃음꽃이 핀다
덩달아 근심 꽃도 피어오른다
고혹한 꽃 이파리도 그러했을까
정원 뜨락에 짙은 꽃향기 베어지듯
내 향기도 시나브로 짙어 가는 것일까
해와 달이 오늘도 내 주위를 맴돌고 있었다.

2. 핑계

스무 살에 버스정류장이 보입니다

한줄기 소낙비가 쏜살같이 지나가고
두 남녀가 엇갈리듯 사라져 갑니다
청년은 가난하여 열정에 야학하고
그녀는 유복하여 유학을 떠납니다

그녀는 성품이 참 맑고 온화합니다
매 순간 속내도 꾸밈없이 전합니다
청년은 성실하나 자존심이 강합니다
어렴풋이 그늘이 스치고 지나갑니다

청년은 소싯적 꿈이 국문학 작가였고
그녀는 이국적인 화풍을 지녔습니다
청년의 파리한 눈동자가 흔들립니다
마음에 담은 여인이 있어서 미안하다
하고는 이내 허둥지둥 사라져 갑니다

그녀는 장문에 편지를 써 내려갔지만
한계가 오고 이만치 강을 건넜습니다

세월은 속절없고 청년의 삶도 덧없음이라
옛꿈이 솟구쳐 다소 늦음에도 등단합니다
나름 끄적여서 문학 밴드에도 노크합니다
허름한 세월에도 남겨진 인연이 있었을까
그 시절 그리운 그녀가 그곳에 자리합니다

해 저문 산 아래 강물은 유유히 흘러가고
황톳빛 곱게 다져진 사랑채 정원 뜨락에서
그녀는 석양 노을빛 곱게 치어 화폭에 담고
한 중년 사내는 따뜻한 찻잔을 우려냅니다
화폭 한쪽 그리운 연시 한 수가 남겨집니다

제목 : 핑계
시낭송 : 최명자

스마트폰으로 QR 코드를 스캔하면
시낭송을 감상할 수 있습니다.

9

3. 흑백 사진

한 장의 빛바랜 사진 속으로
문득 들어가고 싶을 때가 있다

미지의 세계를 동경하던
순수하던 청년의 마음속으로
걸어서 들어가고 싶을 때가 있다

낯익은 음악다방에 또래들이 보이고
나름대로 멋을 낸 디스크자키에게
듣고 싶은 신청 곡을 쪽지로 보내고
삐삐친 저녁에는 낡은 포장마차에서
시시껄렁한 얘기 같은 안주시켜놓고
쓴 소주잔 기울이다 업혀 오고...

그러다가 나오는 걸 깜박하고
그 시절에 갇혀 버리면 어떨까
가보지 않은 길을 더 가볼 수 있을까
무뎌진 오늘도 나는 한 장의 사진 속에
갇혀버렸다는 생각을 떨쳐버릴 수가 없다

나가고 싶어도 도무지 헤어날 수 없는
끝없이 위로 보이는 우물 수렁 같은...

지쳐있는 나를 바람이 데리러 오고
처진 어깨에 빈 배낭만 덜렁 메고는
멀리 가는 밤 기차를 기다릴 적에는
한참을 걸어온 사진 한 장 꺼내 놓고
눈시울이 뜨거워져 다시 그리워하는
빛바랜 사진 한 장 속에 내가 살고 있다.

제목 : 흑백 사진
시낭송 : 김지원

스마트폰으로 QR 코드를 스캔하면
시낭송을 감상할 수 있습니다.

감성시詩북

4. 비밀의 화원

제목 : 비밀의 화원
시낭송 : 최명자
스마트폰으로 QR 코드를 스캔하면
시낭송을 감상할 수 있습니다.

익숙한 길을 가다가도 불현듯이
아련한 이름 석 자를 떠올리고는
아스라이 상기된 기억을 끄집어내고
남모르게 가슴 설레던 그런 때가 있었다

문득 지나간 추억을 되새김질하다가는
그 사람이 새록새록 드리우고 간절해져
갈 바람에 흔들리고 갈 곳을 몰라서는
한동안 방황하던 그런 때가 있었다

해 질 녘 두물머리 강물에 흘러내리는
그의 빛나던 눈동자 들썩이는 어깨 위로
촉촉한 이슬이 아롱져짐을 스치듯이 보았을 때
그 사람에게로 안도의 숨결이 전해지기를
간절하게 기도하던 그런 때가 있었다

해 저문 뒤안길에 스러진 기억 저편으로
세월의 바람에 검던 귀밑머리는 하얘지고
그 사람에 대한 열정도 차츰 무뎌질 것이다
굳은 저녁 달빛처럼 그 사람도 그러할 것이다

세월은 무심하여 쏜살같이 가버릴 테고
그의 시선 속에서 내 마음이 그러했듯이
아스라한 비밀의 화원 빨간 우체통에는
시나브로 설핏설핏해진 머쓱한 사연들이
어느 날 문득 퇴색되고 끝내는 묻힐 것이다.

5. 제주도

그 후론 제주도에 가보질 않았습니다.

왜냐하면 그곳은, 당신에게 고향인지라
혹여나 그곳에 머물지도 모르니까요

바닷바람이 당찬 그곳에서 한라산 정상으로
태양을 사모하여 간 구상나무의 낮은 자태나

계룡산 남매탑 지나 관음봉 가는 산릉선 아래로
기암괴석의 절묘한 비경이, 별다를까요? 마는

어쩌다 그곳에 당신이 계실지도 모른단 생각에
아직은 제주도에 가보질 않고 있습니다.

무릇, 그곳에 가게 되면 당신과 마주치게 되고
얼마간 당신이 미안해할지도 모르니까요

아직은 잊을 수도 없고, 갈 수도 없는 그곳은
내 마음속에 애단 연리지이기 때문입니다.

제목 : 제주도
시낭송 : 박남숙
스마트폰으로 QR 코드를 스캔하면
시낭송을 감상할 수 있습니다.

6. 8월의 크리스마스

그해 여름이 잊히질 않습니다
강산은 여러 번 옷을 갈아입는데
어쩌다가 이내 빈 가슴은 아직도
그해 여름에 머물러 있습니다

짝지와 눈 맞추고 설렘 하는 청춘들을 보면서
지나온 빛바랜 사진들을 뒤척이다가
달빛 아래 선명한 색채가 되살아나고
생명에 온기로 숨을 쉴 듯합니다

지나는 소슬바람 한갓진 길섶에라도
오랫동안 기다린 임 소식 전해지면 좋으련만
사철 꽃 피고 꽃 지는 사연들만
정원 뜨락을 가득 채웁니다

무심한 강물처럼 흐르는 게 세월이라서
귀밑머리는 속절없이 하얘질 테고
눈가에는 애교 주름 넘실댈 리만
여백의 뜨락에는 늘 그립다고 씁니다

억지로 안 되는 게 인연이라 하던가요
그해 여름 해 질 녘 곱던 석양빛처럼
자박자박 유연하게 가보기로 합니다
그대와 함께해서 한세월 행복하였나니...

7. 멈춰진 시선 끝에는

소낙비가 쏟아지고 멎기를 두어 차례
샛강이 내려다뵈는 한적한 카페 창가에 앉아서
아스라이 흐릿해진 추억을 마신다

혹여나 하는 맘 자리는 설레고
다소 익숙한 동선 끝에 멈춰진 시선
너를 만나기로 했던 그때 그 자리
누군가 문 여는 소리에 행여나 너일까
가슴이 쿵쾅 내려앉는다

막연하게 기다려본 사람은 그 마음 알까
혹여나 하는 마음에 다가서는 떨리는 전율
누군가 다가오는 발소리에 순간 숨이 멎는다

어스름 강가에 흐릿한 물안개는 곱게 피어오르고
그리움은 찻잔을 타고 하릴없이 내린다.

제목 : 멈춰진 시선 끝에는
시낭송 : 박순애
스마트폰으로 QR 코드를 스캔하면
시낭송을 감상할 수 있습니다.

8. 다시, 첫차를 기다리며

당신 편이 되어주질 못해서 미안합니다
세상에 잣대로 당신을 힘들게 해서 미안합니다
옳고 그름이 전부인 줄 알았습니다
배려함에 인색했던 지난 세월이
아픔으로 다가옵니다

낯선 도시에
평탄하지 못했던 그 시절로 돌아갑니다
이방인의 거리엔 외로운 가로등 붉빛이 들어오고
허름한 포장마차에서 당신을 뵀습니다
긴 생머리에 잘록한 허리
수줍음에 엷은 미소를 간직한 한 소녀가
설렘으로 다가왔습니다

가진 것 없던 단출한 삶이었기에
그저 앞만 보고 가느라
옆에서 신음하는 당신을 보지 못했습니다
스물 갓 나이에 출산하고
하루해가 길어진 당신에 고단함을
그 정도는 감내하라는 매정함으로
모질게도 외면했나 봅니다
응어리진 가슴에 서릿발 품고
새벽 강을 건넜나 봅니다

곱기만 했던 한 여인이 맺힌 응어리 삭이느라
귀밑머리 하얘짐에 눈시울이 붉어집니다
다정한 말 한마디 건네지 못한 척박한 사내가
중년의 뒤안길에 흔들립니다

어스름 내리는 초저녁 강가에서
고즈넉한 마음에 곱씹고 되뇝니다

힘들었겠다며 손 한 번 잡아줬더라면
안개꽃 한 다발에 붉은 장미 송이 건넸더라면
당신의 저녁이 참 행복했을 것을...

때로는 소낙비가 지나갈 테고
칠흑 같은 어둠에 당황도 하겠지만
거칠어진 손마디 달게 감싸 안으며
마음으로 한 걸음 다가가겠습니다
그래~ 저 사람도 힘들었을 거라는
너그러운 마음으로 감싸주시면 좋겠습니다

새벽이 길고 차가운 것은,
서서히 먼동이 터오는 까닭입니다.

9. 안부

그대 잘 계십니까
이렇게 안부 전합니다
속절없이 지나는 세월에
몸은 부서져도 정신은 또렷합니다

짧은 인연으로..
서로를 빗 껴갔지만,
그때는 미처 몰랐습니다
이토록 오랫동안 기억될지..

계절이 가면,
처음처럼 봄이 오듯이..
그대 소식도 혹시 혹시나 올까
사뭇 기대는 마음도 없지 않았습니다

앞으로 얼마의 삶이 더 지속할까요
무정한 사람에 작은 바람이 있다면,
멀찍이 서라도 한 번은 뵙고 싶습니다
뒤안길에 두서없는 안부 몇 자 남깁니다.

10. 첫눈처럼 당신에게 가겠습니다

먼 길 툭 떨어진 낯선 초록 별자리에서
그해 춘야에 처음으로 당신을 만났습니다

앙상해진 나뭇가지가 너무나 애처로워서
첫눈에 허허로운 당신을 부둥켜안고
나긋나긋한 사랑의 날갯짓 펼쳤나 봅니다

성하의 된더위 속에서도 가쁜 숨결 속에서도
갈 녘 햇살이 주는 넉넉한 풍요로움으로
사랑이 불거진 둥근 열매를 남겼나 봅니다

만추에 저벅저벅 산야를 타고 내려오는
스산해진 소슬바람에 내 육신을 말리고
가슴속으로 누렇게도 타들어 갔나 봅니다

마지막 잎새마저 제 갈 길로 사라져가고
그저 앙상해진 나뭇가지면 어떻습니까
처음 그해의 첫눈처럼 당신에게 가겠습니다

새벽 서릿발 시려진 곱 슬픈 추녀 끝으로
상고대 꽃잎 되어 하얘진 마음으로
당신 곁에 나붓나붓이 살포시 머물겠습니다

웅성웅성 어찌어찌 한세월 지내다가 보면
광야의 춘야인들 오지 않겠습니까
천년이 지난들 당신은 내 연인인 까닭입니다.

19

11. 생각 없이 살아온 나날들

저미는 어스름에
길어진 그림자가 아스라한 저물녘
차츰 움츠러드는 공허한 마음이
더는 혼자라는 삿된 생각에 휩싸여
인기척 없는 소파에 푸석하게 쓰러집니다

차라리
지평선 저 멀리 가볼 수도 있었을 텐데
한 치 앞에만 제정신 이어
옆만 슬멋슬멋 넌짓 하다가는
생각이란 것도 없이
꽤 괜찮은 날들을 허투루 보냈나 봅니다

봄여름 밤의 푸르름이 영원할 줄 알았던가

우적우적 풋풋한 시간들 거덜 내
바닥까지 탕진해버리고는
지는 낙엽이 쓸쓸히 떠나가는 줄도 모르고
무모하기 짝이 없는
인생을 살아왔나 봅니다

그때로 다시 돌아갈 수만 있다면 얼마나 좋을까요

몇 번의 사랑은
왜 그다지도 싶게 외면했을까요
아직도 내게 할 수 있는 일들이
남아는 있을까요

만추의 뜨락에는
수북이 쌓인 낙엽만이 스산하게 나뒹굽니다.

제목 : 생각 없이 살아온 나날들
시낭송 : 박영애

스마트폰으로 QR 코드를 스캔하면
시낭송을 감상할 수 있습니다.

12. 인생을 다시 산다면

큰 산자락 아래로
저수지가 내려다보이고
토담집 안 뜨락에는
사철 꽃이 연잇는
흙내 나는 곳에 태어나리라.

장독대 뒤뜰의
봉숭아 꽃물 들이는 첫사랑 순이와
볼그레한 미래의 꿈들에 관해
얘기하리라.

꽃을 담는 눈빛으로
연인에게 자상할 것이며
그의 동선이 편안해지도록
주변을 살필 것이다.

사랑하는 아이들에게는
다정한 눈높이로 대할 것이고
아프지 않게 보호하며
미래의 꿈과 행복에 대해 논할 것이다.

긴장을 풀고 몸은 부드럽게 하리라
여행을 더 많이 다니고
산에도 더 자주 갈 것이며
오래된 벗들과 담소도 즐기리라.

가난한 삶에 대해서는 조급해하지 않을 것이며
석양 노을 곱게 물들어가듯이
노후를, 평화롭게 자유롭게 보낼 것이다.

13. 그대 곁에 그림자로

봄바람이 술렁여 불고 있었을게요
아침 햇살처럼 눈 부신
당신을 첨 본 날

무언가 골똘히 집중하는
수심기 없는 얼굴에 번지던 흰 미소에
사랑임을 직감했지

짙은 산 푸르름이 금세 붉어지는 걸 보니
저녁놀 먹구름에 달무리가 지듯이
또 한 곳 이별을 예감하지

차라리 그대 곁에 그림자로
거처 없는 바람이 되리
그대 힘들어하는 골목 끝에 가닿는

14. 지지 않는 꽃

천년쯤 되었는지요.

스무 해는 더 지나가고
앞바람 오르는 봄 녘에서
첫눈에 서로를 알아보고는
더운 숨결에 꽃망울 터트렸지요

여름밤은 너무도 짧았고
달빛 젖은 고즈넉한 뜨락에도
가을비 토닥토닥 지새우는 밤에도
줄곧 그대 그리워하는 꿈을 꾸었지요

그 후로도 오랫동안
꽃은 피고 지고 또 피고
그대는 늘 그리운 청춘의 모습으로
처음처럼 다가오고 새록새록 피어나
얼마나 다행인지요

아직은 이곳에서 해야 할 소소한 일들에
조곤조곤히 마무리해놓고선
젊었을 적 풋풋한 모습으로
밤하늘에 별빛으로 뵙겠지요

무명 세월이 끝 간데없이 흘러 흘러간들
그대는 내 맘속에 지속할 연인인 까닭입니다.

15. 토끼풀 꽃반지

초여름이 깊어진 짙푸른 잔디밭에
들꽃 향기가 무성합니다
느티나무 정자 가장자리에
토끼풀꽃 무리가 웃자랐습니다

꾸벅꾸벅 졸다가는 꿈을 꿉니다
소꿉친구 은희가 어렴풋이 보이고
해 저문 들길을 둘이 걷고 있습니다
힐끗힐끗 두근두근한 속내도 보입니다

산 아래 매 놓은 누렁이 황소가 보입니다
온종일 꼴을 뜯었는지 여유로움에
석양 노을빛과 어우러지며
한 폭에 수채화가 완성됩니다

성질 급한 아버지의 심부름도 잊은 채
해 질 녘 모이통에 나란히 기대고 앉아서
토끼풀을 만지작거립니다
어쩌다 행운에 네 이파리에 손이 겹쳐집니다
찌릿한 전율이 흐르고 얼굴이 붉어집니다

자 너 해
채워 줘야지
은희는 성품이 당차지만 차분하니
책갈피 한 쪽지에 곱게 간직합니다

세월은 뉘엿뉘엿 흘러갔어도
마른 꽃잎에 소싯적 그리움이
모락모락 피어올라
옛 그리운 추억이 아련하게 지나갑니다.

감성시구

16. 고운 임 여의고, 다시 봄.

사랑하는 내 임은 갔습니다
소슬바람 불던 날에
떨어지는 잎새 위에 동그마니
"이젠 널 잊겠노라"
고운 시절을 툭 자르고 갔습니다

삭풍이 휘몰아치던 긴긴밤에도
가슴을 쓸어내리는 고독감에
몸서리 진저리치듯이
그렇게 네밀라 갔습니다

뉘라서 안쓰럽지 않겠습니까
어둑한 밤하늘에 까마득히
흰 나비들이 나풀나풀 날아와
상고대 꽃잎 하얗게 위로하던 밤에도
오롯이 그대만을 생각했습니다

돌아오리라는 믿음 하나로
동장군의 서릿발 같은 시련도
야위진 육신으로 표독이 받으며
겨우내 잔 숨 삭여 올곧게 왔나 봅니다

드높은 장천 물빛 하늘 녘에서
당신의 품 닮아진 따스한 햇볕이
조곤조곤 곱 다져 내려와
호젓한 구름도 저 멀리 한가롭고
앙상한 겨울 가지에 살포시 내려앉아
끝눈에 울컥 눈물이 그렁합니다

동토의 시리온 모진 찬바람에도
싸락눈 살포시 녹여 비집고 오르는
노란 복수초의 강인한 열정을 보면서
헝클어진 마음을 다잡아 봅니다

당신과 마주하는 푸르른 날을 위해
메말라진 가슴에 마중물을 붓겠습니다
갈맷빛 새싹이 파릇파릇 돋고
언덕 아지랑이 몽실몽실 피오르는 날
야위진 몸 곱게 단장하여
빗장 풀고 사립문 열어 두겠습니다
춘야! 어스름 달빛에 곱게, 곱게 나비 소서.

17. 고목에 핀 꽃

부서진 밑둥치 아름드리에도
파릇파릇한 봄은 도래하고
썩어 문드러진 가슴팍에도
간헐적으로 꽃을 피웁니다

살다 보면 비바람치고
폭풍 한설은 다반사라
천둥 번개 회오리치던 밤에는
애지중지하던 수속도 잘려 나갑니다

이녁의 그 뉘라도 모름지기
큰 생채기 하나쯤은 가지고 삽니다
괴로워하고 분해한들 녹녹지가 않습니다

그저 일과 속에 나를 파묻고
한동안 어쩌지 못해서 견디다 보면
가슴앓이로 파리해진 얼굴빛에도
넉넉한 미소가 머금어집니다

상처 난 고목에도 여전히 봄은 도래하고
부서지는 몸뚱어리 지혜롭게 지탱하여
삭정이 발치에 은근히 꽃을 피웁니다.

18. 시절 인연

까마득히 흐릿한 날들이어서
다 셀 수도 기억할 수도 없지만
봄이면 꽃이 안 핀 적이 없었고
해마다 인연의 끈을 놓아야 했다

바람은 늘 내 주위를 서성이고
화를 참지 못한 시야는 흐려지니
그나마 내 마음 가는 곳이 봄밤이었다

백 년 살이 꺾인 골에 서고 보니
산천초목은 더하거나 덜하거나
소풍 길에 만난 희로애락은 간 곳을 모르겠다

날이 궂은 그믐밤 칠흑 속에서도
인기척 없는 별채에 누워서도
아서 손사래로 등 따시고 배부르니
원수 같던 고독도 의로운 일체가 된다.

19. 눈이 흐릿해져야 보이는 것들

지는 게 이기는 거라는
할머니의 모호한 말씀도

아랫집 못난 계집애더러 참 곱다는
할아버지의 꼰듯한 찬사도

담임 쌤 호출로 농번기에 불려가
굽신굽신 고개 수그리던 아버지가
영웅이었다는 사실도

입맛이 없어 누룽지가 좋다고 하시던
궁핍한 어머니의 속내도

석양 녘 뒤안길에서 어렴풋이나마 알 것 같습니다.

20. 가벼운 인연

할머니를 생각하면 가슴에 짚이는 생각이 있다

겨우겨우 학창 시절에 시장통에서 배추 겉대를 주워와
그런대로 성한 건 겉절이를 담고 자투리에 자투리는
된장국 끓여내던 아슴아슴한 편린을 남겨두셨다

반생을 뫼비우스의 길을 따라서 두시력을 떨어보지만
알듯 말 듯 가벼이 스쳐 지나가는 또 한 생의 서먹함은
가슴에 짙은 멍울을 남긴다

내리 물결을 따르는 햇살에 꽃잎이 피고 지듯이
바람의 흐름에 흰 구름이 먹장구름이 되듯이
스치는 인연에 가닿은 친절한 몸짓 하나에도
억겁의 사랑은 전한다.

21. 낙향

풍진 세상을 쳇바퀴 돌듯한
초로의 나그네가 개여울에 앉아서
물끄러미 버들치를 봅니다

칠흑 밤에 새벽 비가 난타를 쳤는지
풍덩 한 수량이 한층 더 맑아져
연신 꼬리에 꼬리를 물고 노니는
여울목에 웃음꽃이 피어납니다

왼쪽 가슴팍에 손수건으로 매달린 꿈들이
산 너머로 훨훨 날아가서는
바다로 쓸려가던 저린 아픔들에게서
돌고 돌아와 앉은 그 자리에는.

제목 : 낙향
시낭송 : 박순애

스마트폰으로 QR 코드를 스캔하면
시낭송을 감상할 수 있습니다.

22. 봄이 오는 소리

제목 : 봄이 오는 소리
시낭송 : 박영애
스마트폰으로 QR 코드를 스캔하면
시낭송을 감상할 수 있습니다.

봄이 오는 소리가 들리시나요
새싹이 움트는 소리 말이에요

겨우내 얼음장 같았던 마음에
개울물 속삭이듯 흘러들어와
빗장 열리는 떨림의 소리를요

오롯이 머무르는 긴 겨울 속에서
동장군에 되뇜을 들어 보셨나요

봄 정령이 슬렁슬렁 다가오면은
못 이기는 척 말없이 떠나가려는
섭리를 터득한 순응의 소리를요

봄을 재촉하는 빗소리 들어보셨나요
거스를 수 없는 숙명 같은 다다름을요

긴긴밤을 떨쳐내고 활공을 준비하는
철새들의 힘찬 날갯짓에 마음 졸이다
설렘으로 다가서는 희망의 소리를요

설원 디딘 찬 언덕에 파릇파릇한 생명이
아지랑이 타고 와서 스멀스멀 차오르면
그대의 손 잡고 정중히 봄 마중을 합니다.

23. 봄의 전령사

동장군의 시샘으로 치렁한 밤
겨우내 한길 눈 속에서도
아기 주먹만 한 작고 여린 것이
해 뜰 녘 금빛 햇살을 사모했으리라

언 땅이 녹기를 기다리다 지쳐서
사무치는 가슴에 열꽃이 피고
금빛 햇살 보고픈 마음에
서릿발 헤집고 노란 꽃망울 터뜨린다

하얀 보자기에 싸인 여린 것은
해 뜰 녘 금빛 햇살에 방긋 웃고
해 질 녘 어스름에 고개 떨구며
부푼 가슴으로 새벽을 기다린다

금빛 햇살에 미소 짓는
환한 얼굴이 어찌나 눈물겨운지
봄의 정령이 소리 없이 다가와
흰 저고리의 옷고름을 살포시 푼다.

24. 바랭이풀꽃

따신 햇볕이 드러누운 안산 남새밭에
반질반질해진 호밋자루가 부러질세라
헌 비료 포대를 철퍼덕 깔고 앉아서
바랭이풀꽃 매던 슬레이트집 아낙네는

부엌 뒷문 담벼락에 걸어 둔
녹슨 호밋자루만 덜렁 남겨 두고
도회지 딸네 바람 쐬러 가더니
이 봄이 다 가도록 돌아올 줄을 모른다

서러운 풀빛에 옹송옹송해진 밭둑에는
뽑아도 뽑아도 자라나는 바랭이풀꽃이
올해도 어김없이 다복다복 들어차리니
찔레 숲에 깃든 소쩍새 소리가 구슬프다.

25. 봄, 선산에 눕다

마음이 울적하고 답답한 날에는
고개 수그려 토악질할 선산에 갑니다.
소싯적 순수한 청년의 모습으로
조부모님과 삼촌 아우를 만나러 갑니다.

대둔산 자락에 단골집 삼거리 슈퍼에서
생전에 즐기신 막걸리와 포를 챙기노라면
가슴은 이내 솜방망이 질을 칩니다.

세상 갈기에 찢긴 마음은 아직도
긴 겨울 언저리를 서성이는데...
선산에는 벌써 쑥이며 냉이 엉겅퀴 소리쟁이
이름 모를 풀꽃들이 봄 내음에 흠씬 취해서
살랑살랑 부는 봄바람에 한들한들
어깨춤을 춥니다.

후줄근히 곤한 몸 선산에 눕혀
봄 햇살 덮고 한참을 잠들었나 봅니다.
산골을 타고 내리는 청아한 바람 소리
창공을 가르는 새소리
조곤조곤 봄나물 캐는 시골 아낙네들의
간간이 들리는 자지러진 웃음소리에
세상 시름을 잊습니다.

26. 고향 집

해발이 빼꼼한 산 동네에는
서너 채 슬레이트 지붕이 보이고
첫눈 내리면 이른 봄까지 얼음 지치던 곳

귀밑머리 하얘진 중년의 두 사내가
소싯적 아래 윗집 살던 격 없는 친구가
반세기를 돌아와 도란도란 담소하는 곳

공직 생활을 갓 퇴직하는 청렴한 친구와
변두리 삼류 글쟁이로 변신한 두 친구가
그윽한 곡차 한잔에 옛일을 상기하는 곳

여름이면 포강에서 물장구치고 참붕어 낚시하고
겨울에는 도랑에서 가재며 중태기며 개구리 잡던
아련한 추억에, 세속에 찌든 마음이
봄날 눈 녹듯이 사그라집니다.

27. 고향 나무

고향을 여태 떠나본 적 없는 촌뜨기라고
세상 돌아보고 푼 꿈마저 없었겠나
이웃들과 더불어 아픔은 다독이고
가슴으로 지내도 밤 근심마저 없다던가

산다는 건 어쩌면 서로를 배려하다가
연민으로 맺어져 연정으로 사는 게지
어디든 정붙이고 살다 보면 고향일 듯이
내 마음 하나 편해지면 더 바래 무엇하게

세상을 돌아본들 안주하지 못하는 바람처럼
부질없는 분탕질로 허송세월하지 마시게나
인생은 동그라미에 원점 같은 것이라네
던져진 부메랑처럼 언제고 사각사각 회귀하는.

28. 정자나무

오랫동안 고향 지키며 서 있는 정자나무야!
한때는 네가 참 가엽다고 생각했었는데...
풍진 세상을 돌아보니 꼭 맞는 건 아니었다

내게는 세상 어디라도 맘 편히 갈 수 있는
자유로움이 있었다만 한편으론 고단했단다
네게도 더한 친구가 수시로 찾아와 도란도란
대화하고 행복해한다는 걸 뒤늦게 깨닫는다

아침 햇살은 네게 먹거리 걱정을 덜게 해 주고
지나는 산들바람은 정갈한 풍욕을 안겼으며
비 내리면 하늘 높다랗디 가닿는 꿈을 꾸었다

한적한 밤에는 별님과 달님이 네 곁을 지키고
천둥 번개 치는 칠흑 같은 밤에는 산새들이며
풀벌레들이 너와 함께 했음을 이제는 안단다

행복은 언제나 내 마음속에 숨 쉬고 있었음을
이만치 뒤안길에 서고 보니 뒤늦게 깨닫듯이
고향을 지켜온 네게서 진정한 자유를 느낀다.

29. 갑사 가는 길

계룡산 험준한 선릉을 타고 내려와
하늘길과 맞닿은 길지에
어머니 품과도 같은
갑사가 편편하게 누워 있습니다

선대의 무명 할미가
평생에 천상이라 여겨
칠석날 즈음에 홀연히 잠든 그곳에

금실 좋은 신골 부부기
며칠째 각방을 쓰고는
햅쌀을 이고 지고 산사로 오릅니다

세월은 덧없이 흐르고 치성은 오간데 없으나
누더기 마음에 평안을 얻고자 하는
초로에 나그네가 그 산사를 두드립니다.

30. 집터의 기억

고즈넉한 호숫가에

남루한 나룻배 한 척이 놓여

사각거리는 소슬바람이

살랑살랑 거들먹거리고

고샅길 쉼터에

조릿대 숲 나직이 품은 지붕 위로는

바람결에 푸르릉 한 구름 널어

석양빛 곱게 물드네

피죽 나무 꽃잎 떨어져

그윽한 향기 짙어진 저물녘!

조촐한 소찬에도,

너그러운 안도의 숨결이 머무르네

다정한 눈길 마주하고

도란도란 전설을 노래하다가

더없이, 오손도손

행복하게 살다 살다가 모름지기.

31. 장척리

산산이 굽이굽이 물결치는 첩첩 산골짜기
바람도 쉬어간다는 하늘 아래 첫 동네에는
긴긴 겨우내 눈발이 무릎까지 푹푹 쌓이고
이듬해 춘삼월에 꽃잎 피워 눈 녹이던 산마을

새벽 댓바람부터 굴뚝 연기 연신 피어오르면
혼식 도시락 둘러메고 큰 재 넘어 학교 가던 곳
방학 땐 고사리손으로 텃밭에서 일손을 거들고
엄동설한 지게질로 참나무 등걸 메고 내리던 곳

좁은 고샅길에서 동무들과 해지는 줄도 모르고
숨바꼭질에 자치기랑 비석 치기 여념 없다가도
밥 짓는 내음에 어머니 목소리 담장을 넘으면
모깃불 피워 놓고 옹기종기 마루에 걸터앉아서
꺼끌꺼끌한 보리밥에 푸성귀 된장국 먹던 시절

청운에 꿈을 좇아서 산골 오지를 떠나오게 되고
땟거리 걱정하지 않는 좋은 시절을 살아가지만
가족공동체는 뿔뿔이 흩어져 제각기 분주하고
허전한 마음에 아스라한 옛 생각이 간절해져서는
내 고향 산촌의 유년 시절이 더럭 그리워집니다.

32. 시골 버스 추억

가끔은,
흙먼지 폴폴 나는 비포장길을
하루 세 번 왕래하던 시골 버스 기다리던 생각에
아련한 향수병에 젖습니다.

늘 쫓기는 삶이라 어쩌지 못하지만...
꿈결이라도.

비포장길을 덜컹덜컹하고 가는 시골 버스를 타고
한적한 고향 들녘에 내려서
맑은 공기도 탐하고
지나온 빠듯했던 삶도 여쭈면서
허름한 국밥집에 들러서 추억 한 그릇 비웠으면 좋겠습니다.

저무는 산 아래 노부부 민박집에 여장을 풀고
분주했던 삶의 여독도 씻기면서
밤하늘 달빛에 취한 그대와
눈빛으로 마주 앉아서
텁텁한 탁주 한 사발 걸쳐도 좋겠습니다.

감성기억

33. 소주 한잔

세상살이 허둥지둥 살다 보면
한동안 보이지 않던 것들이
막다른 골목길을 막아섭니다

뚜벅뚜벅 저미는 어스름에
땅 꺼지는 긴 한숨 소리가
터벅터벅한 발길을 잡으면
걷잡을 수 없는 소용돌이가 칩니다

착잡힌 마음에 화르르한 화두는
찌릿한 소주잔에 소가지 적시면
아침 햇살 편에 슬금슬금 사그라집니다

세상에 모가 나서 아픈 것들은
본연의 아래 아래로 흘려보내고
오롯한 맑음을 내 안에 채웁니다.

34. 술독 아비

한여름 밤에 핀 노란 달맞이꽃 같던
계집아이를 알기도 아득한 첫봄부터
아버지는 저물녘 달빛에 쓰러지셨다

박속 같아진 어머니의 푸념 소리는
뒤뜰 장독대 밑에 켜켜이 쌓여가고
빈 술병에는 별빛이 소복이 내려앉았다

저무는 샛강에 흰 허리를 펴노라니
빈속으로 파고드는 자릿한 너의 전율은
차라리 헤어날 수 없는 늪이었다

간밤에도 달맞이꽃은 피웠을까
술잔 속에 아른거리는 삶의 여정들이
새벽이슬에 젖어 편편하게 눕는다.

35. 아버지의 아지트

사는 게 지치는 날이면 응석이라도 부릴 요량으로
호국원에 계시는 선친께 먼 길을 마다합니다

겨우내 첫눈이 늦장 부리던 산골 마을 주막에
옹기종기 모여 앉아 나라님 험담 안주 삼고
막걸리 한 사발씩 제 흥에 겨워 흥건하면
이내 핏대 세워가며 화투 치는 사람들
화가 오르면
보잘것없는 땅문서로 옥신각신하던 정경

일 철 나서면
땟거리 걱정거리 근근이 모면해 보려고
애써 키운 이른 곡물들을 이고 지고
앞서거니 뒤서거니 장터 십여 리 길
해 질 녘에 겨우 몇 푼 손에 쥐고
입가에 미소 친 사람들

장터 국밥 한 그릇에 온갖 시름 잊고 달빛 오를 즈음
비탈진 산길 걸어서 초가로 향하던 모습들

가난한 삶에 6.25 전쟁 나고
의용군 강제 징집되어 얼마나 고통스러웠을지
가끔 술 한잔 걸치시면 되뇌곤 하셨지

땟거리 걱정으로 하루를 살았지만
주막이라는 아지트를 두고
풍류를 즐겼던 세월

우리네 형편은 그런대로 나아졌지만
허둥지둥 조급한 마음에 쉼이 필요할 때면
허기 달래시던 주막 같은 아지트가 그립습니다.

36. 아버지의 술잔 속에는

뼛속까지 시리진 모진 찬바람에
하루해도 뉘엿뉘엿 지평선을 넘고 있었을 게야
그릇이 풍류 한 아버지는 흥이 돋으셨는지
콧노래를 부르시다 비틀거리시다
용케도 툇마루 위로 쓰러지신다

살얼음 동동 띄운 동치미 묵사발을
벌컥벌컥 게 눈 감추듯이 들이켜고는
가난한 양반 타령에 억울한 푸념을 이었더랬지
그깃도 맹세라고 싫이리 했는데
그 아버지 미워하며 오롯이 닮아간다

한때는 절치부심하던 긴박한 순간들이
지나고 보면 한낮 기우일 뿐인데
왜 그리도 가슴 졸이며 살아왔던가

고단하고 가난이라 여겨지는 일상들이
한세월 그럭저럭 견디다 보면
그 시절이 호시절이었나 되새김질 되리니
아버지의 술잔 속에는
그렇게라도 하루하루를 견디는 것이다.

50

37. 감자꽃 필 무렵

가엾은 어머니 가슴팍에도
행복해하시던 때가 있었습니다
오지의 산골 부부였지만
자식에 대한 희망으로
힘든 하루해가 짧았답니다

봄비가 촉촉이 오월을 적시면
푸르름이 짙어가는 안산 남새밭에는
감자꽃이며 푸성귀가 탐스럽게 자라올라
품 안에 자식 보듬듯이 하였답니다

산골 농부의 기도하는 마음은
애써 돌본 작물이 밤새 눈에 띄게 자랐을 때
안도의 숨결이 잦아듭니다

행복이란 혹여나 그런 것은 아닐는지요
제 몸을 낮게 옹그리고
찬찬히 숨 고르기를 하다 보면
행복은 하지 감자처럼 주렁주렁하리란 걸.

38. 형제의 강

그릇된 아우가 바람길로 서둘러 간
그해 6월은 유난히도 서러웠고
안절부절 감내할 수 없는 마음에도
그는 와보지도 아랑곳하지도 않았다

가난한 학창시절이라선지
명절이 마을 어귀에 다다르면
선물 꾸러미 들고 대문으로 들어서는
그를 기다리는 것은 습관이 돼갔다

세월은 밤 근심만 켜켜이 쌓아두고
속절없이 흐르는 강물이 되었을까
그사이 젊었던 어머니도
꼬부랑 유년으로 백발이 무색해졌다

울타리 안을 다독이던 당신의 세월에
한평생 바람 같았던 그 작은 아이가
산기슭 작은 암자에
노스님의 목탁 소리를 따르며
여린 마음을 모질게 끊어내고 있다

한 생을 가슴에 못질하던 그라서
더는 독한 마음에 그만
그 한 많은 설움을 알리지도 못했다

봄도 아니고 그렇다고 여름도 아닌
6월은 또 그렇게 그렇게
차디찬 회오리바람만 일으키고
이글거리는 태양 속으로 숨는다

무심한 세월 속에서
하얀 박속 같아진 어머니와
오누이 내외의 어린 자식들과
근교 밥집에 도란도란 앉았는데...
어머니는 자꾸만 창밖을 보신다.

제목 : 형제의 강
시낭송 : 박영애

스마트폰으로 QR 코드를 스캔하면
시낭송을 감상할 수 있습니다.

감성시력

39. 비련

여름 장대비가 쏟아집니다
온종일 난타를 칩니다
그리웠던 울 동생 소식은
먹장구름 춤사위에
처마 꼭대기 사다리 타고
후드득후드득 넘쳐납니다

여름 장대비 속으로
그리운 동생이 내려옵니다
출기를 안 했으니
뉜들 반겨주겠습니까
모진 놈이 뒤뜰로 가서 꺼이꺼이 웁니다
늙은 어미가 볼세라
철부지 막둥이가 볼세라
뒤뜰로 가서 꺼이꺼이 웁니다

장대비가 유난히 잦았던 어느 해 초여름에
신발 가지런히 벗어놓고
바람 편에 몇 자 적어놓고
구름 따라 속절없이 훨훨 날아갔습니다

천년을 산다는 소나무 아래에
못다 한 연을 풀어 피눈물을 뿌렸습니다
이듬해 화사한 춘삼월에
야박한 복바가지 어찌 그리도 모진지
허망하게도 허망하게도 민둥산이 되었습니다

늙은 어미가 볼세라
철부지 막둥이가 볼세라
모진 놈이 뒤뜰로 가서 꺼이꺼이 웁니다
속이 후련해지도록 비우고 또 비웠습니다
장독대 옆에 물망초 한 송이 피웠습니다.

제목 : 비련
시낭송 : 박영애
스마트폰으로 QR 코드를 스캔하면
시낭송을 감상할 수 있습니다.

감성시력

40. 임실 호국원에서

짙게 푸르른 백두대간의 조국 산천은
젊은 용사의 선혈을 절대 잊지 않겠노라고
아름드리 붉은 소나무는 솔가지를 수그리고
지천의 칡뿌리며 잎새 덩굴은 조아립니다

조국 성지 임실의 고즈넉한 산야에는
고운 빛깔의 수려하고 그윽한 꽃향기가
산들바람을 타고 와 숲속에 정적을 깨웁니다

우거진 산야에 산새 소리는 기없이 평화롭고
호랑나비 사뿐사뿐 너울 짓이 가슴에 와닿아
푸른 일념으로 붉게 산화해 간 젊었을 적
그대들의 의로운 넋을 위로합니다.

41. 아버지의 발자취

아침 댓바람부터 첫차를 타고
선산의 벌초를 하다가 날이 저물어
산 아래 허름한 국밥집에 들러
시래기국밥으로 허기진 뱃속을 달랜다

아버지께서 걸으셨던 그 길에는
새들이 노래하고 꽃들은 피고 지고
등짐 걸머지고 저무는 길 가다 보면
주막집 굴뚝의 연기가 발길을 잡았다

이제는 잘 뚫린 도로를 차로 달리며
오가는 시간도 짧아졌건만
분주히 동당거리는 내 발걸음은
도로 위 꼬리 문 차량 불빛에 쫓긴다

뉘엿뉘엿 넘어가는 석양 노을빛에
속절없이 곁을 떠난 아버지가 그리워
밤하늘에 함초롬한 별빛을 이정표 삼아
아버지의 넉넉한 마음을 따른다.

42. 선친의 기일

촌부인 아버지는 슬래브 지붕 아래서
군불 때시면서 사셨는데
닭장 같은 아파트 사는 큰아들 집에
물어물어 오시고는 계시는지

과부살이 20년 외로웠을 어머니는
하나님을 의지해서 사셨는데
지아비 제사상에
온전치 못한 정신이나마 붙잡고
엉기주춤한 자세로
술잔에 회한의 제주를 따르십니다

구순의 세월이니,
희미해져 가는 옛 기억을 보듬고
복받치는 그리움을 따르십니다

푸짐하게 한 상 가득 정성으로 차려봐야
줄지도 않을 제사상이지만
못내 차리는 것은
이맘때면 더 새록새록 생각나고 다가서는
그놈에 정 때문입니다.

43. 어머니

홀로 사시는 어머니 집에
이른 저녁 불이 꺼져있다
초인종을 눌러봐도 감감하고
전화 연결음이 집안에서 울린다

주거비 아끼시려는 탓에
느지막이 습관이 되셨는지
저물녘에 밥 한술 뜨시고는
서둘러서 이부자리를 펴신다

생전에 그리 무정하시던
아버지 생각이 간절해지고
새벽녘까지 뒤척이다가
나도 모르게 선잠이 들었다

아침밥은 먹는 둥 마는 둥
출근길 부리나케 나섰다가
구급차 사이렌 소리에 놀라
덜컥, 저민 가슴이 내려앉는다.

감성시책

44. 귀로에서

지난 밤에 걸려 온,
오누이에 전화 속 한마디가

엄마가 예전 같지 않아
온종일 안절부절못하게 합니다.

생전 벌일 줄 모르시던 어머니가
옷가지며 이불까지며 버리십니다.

버리면 너무나 아까울 것 같던,
물건들이 이상하게도 시원하다 하십니다.

떠날 때가 돼서야 깨달아지는 것들에
눈시울이 붉어집니다.

겨울나무가 마지막 잎새마저 떨굼이
쓸쓸함이 아니라
비우니 쉼이고,
봄이 오는 까닭입니다.

45. 동치미

어머니가 동치미를 담그셨다 합니다
너무 늦지 않게 다녀가란 전갈입니다
마음만 허둥대 계절 오가듯이 바쁩니다

예전에 손맛 하나 깐깐하시던 어머니가
정거는 세월 보태어 맛이 없다 하십니다
입맛도 달아야 좋다고 하시니 걱정입니다

어느새 어머니 손맛까지 닮아진 누이가
밑간을 봐 준다고 하니 참 좋아하십니다
올해가 마지막이겠거니 걱정을 하십니다

손맛 좀 줄었다 한들 뉘라 탓하겠습니까
속절없는 세월에 백발 성성해진 어머니가
새해에는 근심이나 줄었으면 좋겠습니다

46. 어머니와 초로의 봄밤

푸성귀를 좋아하신 탓인지
속이 좋으시거늘
세월의 무게는
잔걸음 걸이를 둔하게 하리니
그 마음이 움츠러든다.

뜸하게 소식 전하는
남매와 홀로 되신 노모가
봄밤에 마주하고
조촐하게 부딪히는 술잔이
참으로 정겹다.

초로에 잠시 쉬어가는 길섶이
근근한 세간 살이려나
이 밤이 더디 가면 좋으련만
노모와 마주 앉은 봄밤이
얼마나 지속될꼬.

47. 애물단지

구부정히 늙은 어머니의 오래된 냉장고에는
기다림에 지쳐 상할 법도 한 소주 두 병이
동공이 풀린 채로 지쳐가고 있습니다

몹쓸 사춘기 발길질에 하라는 공부는 안 하고
또래들과 어울려 독한 술부터 배운 미운 자식
하릴없이 기다리는 것입니다

무소식이 희소식이라고 되뇌고 되뇌다
마음을 쓸어내리고 쓸어내리다 체념해보지만
쪼그라든 가슴팍은 차마 숯 검댕이 됩니다.

48. 옷

모체의 태동으로부터
열 달의 정갈한 기도와 간절함이 하늘 가닿아
발가벗은 몸으로 세상에 와서는
옷 한 벌 얻으리다

빈 몸으로 와서는
옷 한 벌 얻어 입고 야단법석 살다가는
누더기 벗어 놓고 삼베옷 한 벌 챙겨가는
너와 나의 고단한 인생길에...

옷을 입는 동안이나
음지의 악취가 스미지 않게끔
볕이 좋은 날에는 옷가지 빨아 널어서
뽀송뽀송 산뜻해지면 더없이 좋으리다

그대와 나의 낡아진 옷가지는
설핏 풍진 세상의 거미줄 같겠거니
매 순간순간 서로서로 위하고 사노라면
행복한 순간들로 다복다복 채워질 것이리다.

49. 손님

한마을에 태어나고 자란
열두 명의 인걸들이 모두 떠났다
티격태격 벗으로 살다가
터울 두고 떠나간 그들은
어디로 간 것이며
가끔 안부는 전하는 것일까

논마지기 있던 친구나
술 좋아하던 친구나
글 꽤 쓰던 친구나
살다 살다가 이슬처럼 사라지나니

무엇이 중한 것이며
애착한들 무슨 소용이랴
때 되면 여지없이 떠나가는 것을

바람도 잠든 밤하늘에
섬광이 사선을 긋는 것이
한적한 마을에 손님이 오시려나 보다.

50. 하현달

막막한 밤을 새하얗게 지새우다가도
그리운 당신 생각이 불쑥불쑥 나대면
하얀 마음이 서리서리 내려앉습니다.

그대와 나의 하루하루가 그러하듯이
정해진 원안에 삶을 살아가게 되지만
속절없이 엇갈리는 그대와 나의 운명은
그림자 따르듯이 일정한 거리를 둡니다.

이른 새벽 이슬지듯 서산을 넘어갈라치면
눈부신 당신은 동녘을 빨갛게 물들이네요
뉘엿이 가야 할 운명이려니 그리운 마음만
애가 타 가슴팍은 새까맣게 타들어 갑니다.

흐릿하게 희미해져 가는 초라한 행색으로
멀찍이서 그리운 당신을 어렴풋이 뵙지만
그대는 늘 밝은 광명의 세상을 비추시니
쉬고 있을 밤하늘에 모름지기 다녀갑니다.

제목 : 하현달
시낭송 : 최명자
스마트폰으로 QR 코드를 스캔하면
시낭송을 감상할 수 있습니다.

51. 평행선

한반도 비무장 지대에
녹슨 두 줄기 평행선 철길이 보입니다
백수 즈음한 노철학자 뒤를 서너 걸음 뒤로하고
젊은 제자가 따라갑니다

사부님 저 멀리 철로가 만나는 듯 보입니다
너도 제법 바랑이 늘었구나

해와 달이 평행선이고
남과 여가 평행선이고
산골짜기 내려지는 물줄기가 평행선이란다

다름이 하나 되는 것
하나처럼 보이는 것
그것이 평행선이란다

스승님 평행선의 진의는 무엇입니까

평행선은 사랑이 흐르는 것이지
다만 다름을 인정하고 배려하면서
눈에 읽혀 스스로 자유로워지는 것이다

두 분에 대화가 너무도 심오하여
만나 뵙고 좀 더 여쭐까 싶어 다가갔더니...
아뿔싸, 어찌 곤하여 떨잠에 들었던지
한여름 밤에 꿈이었다.

감성시력

52. 그 언저리에 서 있네

슬래브 지붕 위로 첫눈이 내려앉으면
이듬해 봄까지 하늘만 빼꼼한 산마을에
아비는 새벽 댓바람부터 지게질 서두르고
어미는 똬리이고 읍내 장터에 가셨지만
송당거림에도 쌀독은 바가지 긁히네

귀밑머리는 하얘져 세월은 덧없고
붉히는 석양 놀은 한없이 고우리니
느릿느릿한 양반걸음에 뒷짐질하고
곰방대 물고 온 동네 꼬맹이 훈육하던
그 시절에 내 노래가 보이네

육순이면 오래 살았다고 살 만치 살았다고
뒷방 신세 자처하던 시대였으니...

신산한 경험치로 더는 아프지 말고
소소한 일거리로 눈치 볼일 없게 하며
내 몸에 맞는 산야초 찾아보고
조석으로 회상하는 글도 짓고
바람길 따라서 덧없이 가는 인생길에
흔적이라도 남길 요량이라면
허리 꼿꼿하게 백수마저 채우고
결판지게 머물다 이슬처럼 사라지려네.

53. 해 저문 강둑에서

이른 봄 녘 소소리바람 차 우리나
이삭의 성근 홀씨 긴 잠 깨우고
빈 가지 움 트여 거친 숨결 고르다.

찬비 지나가고 갯바람 산들 하니,
윤이월 동박새 포르릉 날갯짓에도
꽃등 밝힌 봄밤은 하냥 곱기도 하다.

석양 노을 낙조 되어 안산 물들일 때
새끼손 마주 걸며 맹세한 그 언약은
철부지 사랑인가, 부질없고 속절없다.

저물녘 잿빛 구름 사이로 달 가듯이
인생사 하룻밤에 허황한 꿈이런가
해 저문 강물에 지친 몸 쉬어가리다.

소소리바람 : 이른 봄에 부는 차고 매서운 바람
포르릉 : 작은 새가 갑자기 매우 가볍게 나는 소리

54. 필부의 가을 단상

어느덧 가을이 왔다고
산천은 떠들썩한데...
오늘도 쪽빛 하늘 언뜻 보고
온종일 고개 숙여 일합니다
하루해도 서산으로 기울어
터벅터벅 집으로 가는 길섶에
서러움이 울컥울컥 올라옵니다

인생의 반환점에 서서 뒤돌아보니
눈가에 하염없이 이슬이 맺힙니다
집안 맏이로 서의 삶의 굴레와
처자식에 대한 도리의 책임감으로
남들 다하는 여행 한 번 제대로 못 하고
일 년 삼백예순다섯 날을 일만일만 합니다
남은 건 뼈마디 쑤시는 육신의 고통과
뒤뜰에 쌓여가는 한숨 소리뿐입니다

꽃망울이 수작하던 봄밤에
어머니 말씀이 귓전을 맴돕니다
제발 덕분에 일 좀 적당히 하셔라
꼭두새벽부터 늦은 밤까지 애고 아서라
일만일만 할 줄 알았지 세상 볼 줄 모르니
남은 건 육신의 고통뿐입니다

적당히 했으면 차라리 좋았을 것을
낯선 곳으로 여행이라도 갈 것을
순간순간 쉼 하며 잔꾀라도 팔 것을
철부지 자식들은 제 짝 찾기에 여념이 없고
홀로 계시는 노모는 연로하시고
휘영청 달빛만이 너무나도 고와서
끝끝내 서러운 가을 저녁입니다.

55. 갈퀴 손

투박하고 거칠던 아버지의 손이
막연히 창피하다고 생각했는데
오롯이 그 손을 닮아간다

꿈이 많은 어린 자식들에게는
또 얼마나 창피한 일인가

눈에 아른거리는 숙제 같은 일상을
쓸어 담고 쓸어 담고 쓸어 담아도
아궁이 고래는 또 얼마나 큰 것인지
늘 검은 입을 벌리고 보챈다

어스름 달빛에 밤새껏 조릿조릿한
투박하고 거칠어진 손을 담가보지만
묵묵히 아버지의 새벽을 답습한다.

56. 지나간 하루는

풍진 세월의 고단함을 못 이겨
초저녁 베갯잇에 쪽잠 겨우나니
지나간 것은 새록새록 그리워지고
가슴팍 한구석에 멍울 드리우다
흘깃 보고 흠칫 사그라지는가

지난해 화르르 핀 저 꽃무릇은
봄을 캐는 눈으로 가만히 보면
닮은 듯하나 그 꽃잎은 아니며
한번 떠난 사람은 올 줄을 모른다

소슬바람에 낙엽 되어 떨구진
지나온 자취의 아련한 추억들은
그리움으로 저민 가슴 시리 오나
그것만으로 충분해야 하는 것
어제를 딛고 오늘을 사는 것이다

어둑한 하늘 녘 은하수 밤 나루에
별빛이 사선으로 떨어지는 것은
새봄을 향한 불멸의 정염 결정체
어렵사리 이어진 삶의 희망 꽃이어라.

감성시력

57. 이정표

꽃잎이 진다고
낙담하거나
서러워 마라

달도 차면 기울고
새벽은 여지없이 온다

만남은
이별을 전제로
예감하듯이
열정을 다했으면
그뿐,
뒤돌아보지 마라.

삶이란 그런 것을

다만,
뒤따라오는 이가 있어
이정표가 되어야 한다.

58. 천기누설

밤새도록
궂은비 내린다고
하늘을 원망하지 말고
물길을 잡아 두던지
물길을 내주던지

너무 좋아해도
너무 싫어해도
끝내는 탈이 나지
강물은 무덤덤하고
저 산은 뒤척이지 않는다네

흐르는 강물처럼
스쳐 가는 바람처럼
슬렁슬렁 자유롭다가
저녁에는 반주 한잔 정도.

감성시력

59. 거울

거울 속에 사내는, 더는 웃지 않는다.

나와 달리 왼손을 쓰고
오른쪽 눈을 윙크하면
왼쪽 눈을 찡그린다.
오른쪽 눈은 쌍꺼풀이고
왼쪽 눈은 외꺼풀이라
날카롭다.

널따란 이마는 날개 긴 갈매기가 석 줄로
사이좋게 활공해서 한편으론 다행이다.

오른쪽 볼우물 사다리 타고
더 좋은 삐까한 일들이 있었는지
이랑이 굵직굵직하다.
눈썹은 듬성듬성한 탓인지
짙은 간판을 비스듬히 세웠다.

거울 속에 낯선, 초로의 사내는 누군가.

60. 사인 사색의 절친회

각자 걷는 인생길에
가끔 만나자는
개성 다른 벗들이
서넛 외라면 딱 좋겠다.

글쟁이
환쟁이
풍각쟁이
착한 그대까지...

욕쟁이 할미 집에서
나름에 고충을 안주 삼고
쓴 소주 서너 잔 기울이다 보면
제대로 된 걸작인들 나오겠다.

61. 옥천에 가면

느릿느릿,
물방개 사는 실개천에
향수가 흐르는 초가집이 살갑고

졸음에 겨운 늙으신 아버지가
싸리울에 걸린 이른 햇살 퍼다가
수타를 치는 그 맛이 일품일까

들꽃같이 억척스러운
궂은날, 에스프레소 라테 같은
오래된 절친이 이러구러 살아갑니다.

62. 아웃사이더

곰살맞은 아침 햇살 성화에 못 이겨
늦잠은 개어서 골방 시렁에 얹고
슬그머니 손잡은 봄바람을 따라서
한갓진 개울 바위에 앉았습니다

지난해 약속을 잊지는 않은 듯이
지천에 꽃들은 제 차례를 기다리다
눈물겨운 욕망을 쏟아냅니다

시원스레 아래로 흐르는 계곡물은
말 못 할 속 사정이라도 있는 것인지
손사래를 쳐도 쉴 줄을 모릅니다

산들바람이 건들건들 농을 건네도
눈 부신 햇빛이 따갑게 눈총을 주어도
대꾸도 아니 하고 아랑곳하지도 않고
찬란하게 슬픈 봄날이 지나갑니다.

63. 친구 하나 있었으면

그렇고 그런 친구 말고
늘 그림자처럼 인지하지 않아도 되는
그런 편안한 친구 하나 있었으면

정해진 날 만나는 친구 말고
불현듯 생각나고 갑자기 만나도
속내를 들켜도 되는 친구

아무런 말 하시 않아노
소주 한잔하자며 기웃하고
묻지도 아니하고 알아차리는

산들바람에 몸을 맡기는 들꽃처럼
매일 아침 마시는 커피향기처럼
둘이 아닌 하나같은.

64. 산골 노부부

해 저문 산기슭 먼발치에서
희미한 불빛이 새어 나옵니다

가을걷이를 막 끝낸 노부부가
말없이 저녁 밥상을 마주합니다

푸성귀에 된장국이 놓이고
감사에 기도가 이어집니다

품 안에 자식들은
제 갈 길을 떠나갔어도
텃밭엔 밭알곡들이 자라납니다

해마다 도래하는 바람의 전설은
이 아름다운 여정을 기록합니다.

65. 등산객

산이 거기 있기에 산을 오릅니다
입구는 평탄하고 꽃향기가 자극합니다
위를 힐끔힐끔 올려다봅니다
가파르기가 엄두가 나질 않습니다
그냥 고개 숙이고 발끝만 보고 오릅니다

산자락을 질러 얼마나 올랐을까요
이제는 되돌아갈 수도 없습니다
그냥 주저앉고 싶어졌을 때
지나가는 바람이 등을 투닥여 줍니다

망울망울 등골을 타고 내리는 그 무엇에
생각마저도 거추장스러워질 무렵
구름도 쉬어가는 발아래 정상입니다
죽기로 지나온 능선 골짜기가
꿈속에 꿈인 듯이 아련합니다

매 순간이 모여 한 폭에 아우라가 됩니다
하산길에 두 다리는 휘청거리지만
산이 왜 거기 우두커니 서 있었는지
이제는 어렴풋이 알 것도 같습니다.

66. 자연인

각박한 도시의 삶이라는 게
분노로 가득 찼는데
스트레스로 병이 날 거 같았는데
돈 때문에 배신당하고
사회의 이방인이 되어 떠나온 곳

빈손으로 왔어도 받아주고
해발이 높아서 바람도 쉬어가는 곳
계절도 철 따라 옷을 갈아입고
소일거리 찾으니 흐뭇하고
하기 싫으면 그만두는 자유라

산 비가 내리면 목축이고
바람 불면 살랑살랑 리듬 타고
눈 내리는 적막강산의 겨울밤에는
끄적여 온 작시 낭송 좀 암송하다
새벽 은하수 강물에 스르륵 잠기리라

철 따라 내어 준 산야초 소찬이라
과하지 않으니 옷매무새 좋고
바위틈 맑은 물소리는 청하 하여
산 벗들과 편안한 안식처 되리니
유유자적한 세월에 시름은 놓으리다.

감성시기록

67. 자연 철학

새들은 고운 소리로 밤새 안녕을 묻고
개구리들은 이웃이 울 때 함께 울 것이며
반딧불이는 어두운 곳을 밝혀 살펴 갈 것이다

꽃들은 제 차례를 기다려 피어나고
비는 자기 것을 비워 대지를 적실 것이며
바람은 네 것과 내 것의 경계를 허물 것이다

계절은 해마다 변함없이 도래할 것이라서
바람 부는 너른 들녘에 마주 선 미루나무처럼
서로 의지하고 덩실덩실 어깨춤이 좋을 것이다.

68. 산사의 꽃차

산빛이 곱고 물이 맑은 초여름의 산사에는
푸른 자줏빛에 신비스러운 산수국과
형형색색의 질펀한 꽃향기가
산들바람을 타고 와 코끝을 자극합니다

사계절이 한데 버무려진 요염한 꽃잎들을
살살 어르고 덖어서 달래셨는지
눈으로도 맛있고 입안에서도 향긋한
알록달록한 꽃차 한잔이 놓입니다

꽃처럼 고왔던 지난 청춘 시절을 회상하며
산사의 향기 짙게 배어진 꽃차 한잔을 마주하니
가슴 졸이어 살아온 너덜너덜해진 상념의 끈마저도
청산에 살리라 줄행랑을 칩니다

덧없는 세월의 바람에 속절없이 이끌리고
삭신 마디마다 마른 풀잎 소리 서걱서걱 치대려나
가지런히 놓인 산사의 꽃차 한잔을 음미하니
버겁던 여로에서 나직한 바람이 흐릅니다.

제목 : 산사의 꽃차
시낭송 : 김지원

스마트폰으로 QR 코드를 스캔하면
시낭송을 감상할 수 있습니다.

감성시력

69. 산사람

산에 사는 데로
날씨는 아가씨 맘 같고
풀냄새 바람 소리
부리는 여유
새소리에 깨고
산야초 둘러보고
뒷짐 지고 산책하고
유유자적 여유롭게 살다가
떠날 땐, 봄 여름 가을 겨울
언제 갔는지 모르게
슬픔은 부드럽게 잦아드는 게
모름지기 아름답다.

70. 내 마음속에 빗소리

빗소리가 참 시원하다고 하는
다소 생뚱맞은 생각을 해봅니다
한때는 궂은날이었던 까닭에
온종일 우울해했는지도 모르겠습니다

잔잔한 라디오 음악 소리에 발맞춰
처마 끝에 빗소리가 함께 어우러져 흐르니
차라리 버겁던 초로의 일과도
제법 할만한 일들로 채워집니다

세상을 살면서 딱히 좋았던 순간들이
되짚어 보자면 그 얼마나 될까요
걱정하며 속 태운 숱한 나날들이
주마등처럼 스치고 지나갑니다

메마른 대지에 난타를 치며 내리는 빗소리가
초여름 무더위마저 편편하게 잠재우고
그대와 나의 빼곡한 사연들도
빗물 따라 하염없이 흘러갑니다.

71. 우중 개화

떡하니 드러누운 긴 장마에
영문도 모르는 꽃잎은 피는데
한갓진 창가에 기대고 마는
느닷없이 보고 싶은 마음이야
내인들 오죽하겠습니까

삼 복 덫 더위 하늬바람 결에
덥수룩이 뒤집어쓴 미세먼지야
장맛비로 개운하게 씻기겠지만
잡풀 돋듯 새록새록 그리워지는 마음이야
애간장에 억장이 무너집니다.

72. 풀꽃

개울가 핀 풀꽃아
향기가 참 좋구나
물만 먹고도 화들짝
이쁜 꽃을 피운 거야

네 얼굴처럼 환하니
벌 나비 짝지랑
도롱뇽이 총각도
어여삐 꽃구경 나왔구나

겨우내 힘들었지
나라고 별수 있겠니
너하고 같이 숨 쉴 수 있는
이 봄이 참 좋다.

73. 무녀리 도토리

엄마가 힘들어질까 봐
소슬바람 지날 적에
툭 떨어졌지요

에헤, 저는 도토리입니다
무지무지 못생겼지만
아빠처럼 나무가 되고 싶어요

엄마가 미리 챙겨준
포근한 가랑잎 덮고
기다리면 되는 줄 알았어요

겨우내 긴긴밤을,
까닭은 알 수 없지만
혼자서 견뎌야 했어요

까마득한 하늘에서
흰 눈이 소복소복 내려와
긴 목마름은 견뎠지요

오늘은 비가 오네요
아마도 희망찬 봄비겠죠
톡 또드락 통독 정말 좋아요

온몸이 흠씬 젖었어요
봄 햇볕이 따뜻해지면요
싹 틔우고 착한 나무가 될게요.

74. 산은

말없이 지나가라 합니다
먼발치 건네는 손짓에
귀 기울이라 합니다

망초꽃처럼
오롯이 내려놓고
산들산들 흔들리라 합니다

나시막이 깃드오. 내리는
산새 소리 바람 소리
벗하라 합니다.

75. 땡볕에 푸름이 익어간다

긴 장맛비에 초록 잎사귀가 떨고 있다
씻을 만큼은 씻었는데... 더는 흑흑
가까스로 몸서리치고 있다
살다 살다가 땡볕이 더럭 그리운 나날일 줄이야
물 폭탄에 웅크리고 앉아 반쯤 미쳐가고 있다
저러다 잎새고 정나미고 그쯤에서 떨구지, 싶다
7년을 연습생으로 와신상담한 매미가
기회를 엿보다가 쓰러질까 봐 걱정은 되는지
드디어 염려가 가닿은 폭염이다
그럴 줄 알았다는 듯이 영원한 건 없다
세상이 온통 붉게 타들어 가 차곡해진다
익어간다는 것은 때론 거두절미하고
변덕스러운 추이를 아무 일 없다는 듯이
사소함에도 즐기는 일이다.

감성시력

76. 안개꽃

굳이 다투어 나서지 않아도 좋다
그대가 도드라지는 탁월한 이유라면
얼마간 푼돈 같은 일상이어도 좋다

그대의 그림자로 한발 뒤에 서서
뒤태로 흐르는 향기로 보일 수 있다면
세상이 기억하지 못한대도 괜찮다

한 공간에 머무는 것만으로도
뒤척이는 숨소리 함께하는 것만으로도
가슴 벅차 화르르 타들어 가는 일인데...,

하찮은 일상이 그대의 향기로 인해
사뭇! 가슴 떨리는 무지갯빛 이거 늘
그대의 중심에 들러리면 어떠한가
한세월 행복하면 그만인 것을......

77. 꽃의 언약

봄비 밤새 울어 피고 진 목련도
울 안에 함빡 웃음꽃 지피던 작약도
담장 위에 귀 기울이다 지쳐 떨어져 간 능소화도
다시 볼 수 있다는 걸 짐작하는데...

첫눈에 사로잡혀 올망졸망 피워낸
가슴 더운 사랑 꽃 피워두고
허둥지둥 에둘러 간 이녁은
지루한 장맛비에도 기별이 없으시다.

감성시력

78. 상처

만신창이 아름드리 고목은
한 줄기 햇살과 바람과 비로
여린 싹을 틔워 숨을 쉽니다

더 오르려 아웅다웅 부딪혀
상처가 난 두 그루의 나무는
연리지로 부둥켜 동행합니다

살다 보면 작고 큰 생채기들이
곡선의 유연한 나이테로 태여
지혜로운 삶의 걸작이 됩니다

수백 년을 견뎌내는 고목처럼
상처는 도려내는 것이 아니라
가슴팍에 묻고 사는 것입니다.

79. 저물녘에 흐르는 넋두리

푸르름이 눈부셔 서러운 날에는
풋내를 기억하는 소소함을 만나고
주인 없는 외출을 걸어둡니다

초여름이 되려 무색하리만치
냉기마저 흐르는 방안의 고독감을
서걱대는 알몸으로 받아냅니다

여로에 무색해진 발가락 사이로
창문을 두드리던 바람도 사라지고
철 지난 이부자리에도 시립니다

몸은 산산이 부서져, 그물에 쫓기는데
뇌리는 온통 욕망의 불씨에 휩싸여
도무지 꺼질 줄을 모릅니다.

감성시객

80. 산야초 산행

산 오름에 너럭바위에 걸터앉았습니다
시원한 물소리 산들바람 소리
가끔 들려오는 새소리 벗하며
도심에 답답했던 숨통을 몰아쉽니다

동틀 녘 이슬 밭을 얼마간 걸었을까요
꽃향기 그윽한 산야초가 눈에 들어오네요
이 찢기는 기분을 그대는 아실까 모름입니다
한 해가 다 지나도록 긴 여운으로 남지요

현장에 시끄러운 기계음 소리 이어지는 잔소리
고객님의 퉁명스러운 어깃장 놓는 볼멘소리
서산마루에 저녁놀이 걸칠 즈음해서야
소주 한잔에 그날그날에 시름을 삭였는데...

바위에 걸터앉아 참답게 명상도 하고
덤으로 산야초도 얻으니,
이만하면 결판지다 하겠습니다
우리네 삶에 행복이라는 게 별거일까요
소소함에 웃음 지음이 그 답이지 싶습니다.

81. 저무는 길 위에서

날은 저물어 가는 길은 멀고 험해도
가끔은 뚝 떨어진 산간벽지에 살고 싶어지니
세상살이에 많이도 지쳤나 봅니다.

암반수 길어다 구수하게 밥도 짓고
계절의 변화를 시시각각 느끼는 오지에서
산야초나 벗하며 살고 싶은 심정입니다.

그대와 함께라면 어디라도 대수겠소만,
등이 휘게 짊어진 괴나리봇짐은 내려놓고
해 품은 바람결에 한세월 쉬어가고 싶습니다.

82. 바람 본색

나무는 심심할 겨를이 없다
바람이 건들먹거리기 때문인지도 모른다
늘 괴롭히지 않으면 되레 서운하다
눈발이 햇살에 등 떠밀려 개울물에 줄줄거리면
나무는 뿌리 뻗어 쏜살같이 어부바를 한다
흥건하게 흠뻑 후줄근히 엎친다
꿈틀꿈틀 잎새가 돋는다
삼복에도 푸릇푸릇하다가 끝내는 바람 등쌀에
기어코 가을볕에 물기를 내놓는다
종잇장처럼 몸이 가벼워지고
날아갈 수 있을 것 같을 때
이때다 싶어질 때 바람이 본색을 드러낸다
밤이 깊어지든지
동창이 밝아오든지 여하간에
그다지 심심할 겨를이 거두절미하고 없다
미운 정 고운 정 쑥덕쑥덕 일맥상통하고
그가 일깨운 춤사위도 제법 늘었다
해와 달이 안달이나 나긋나긋해질라치면
떨거지 구름 몰고 와서 빗장을 친다.

제목 : 바람 본색
시낭송 : 박순애

83. 낯가림

무릇, 나붓대는 바람은
낯선 곳으로 여행을 하고
그곳에 갈맷빛 끝눈을 틔운다.

가슴이 여린 나는
꽃숭어리 팔랑대는 봄부터
심장이 콩닥콩닥 여 밤잠을 설쳤다.

헤아릴 수도 없는
숱한 밤을 보내봐도
우아한, 묘령의 여인은 다가왔다.

속내를 들키지는 않았을까
그녀도 나와 같은 생각일까
끝끝내, 사랑은 걱정 아닌 밤이 없었다.

감성시기록

84. 봄밤

무난하게 갈 길이 보이지만
마음이 자꾸 다른 길을 봅니다
여기서 그만 멈춰 서야 할까요

가보지 않은 낯선 길에 대한
이 설렘을 어찌해야 할까요
불확실한 미래로 푹 빠져 볼까요

좋은 사람은 어찌해야 알까요
내 마음을 휘젓는 ㄱ 사람일까요
그 발그림자 무작정 따라가 볼까요

더는 오지 않을 넉넉한 봄밤이
이렇듯 조릿조릿 아쉬움 속으로
저토록 사무치게 사라져 갑니다.

85. 행복 스케치

작은 들창 너머로
깨어나는 아침 풍경.

겨울 나목이 기지개를 켜듯
양팔을 흔드는 모습에
봄으로 활공을 준비하는
새들의 지저귐.

하얀 테라스 위에
살포시 내리는 아침 햇살에
갓 내린 커피향기 건네는
미소 띤 그대.

하루를 힘차게 시작하는
나의 작은 일상의
행복 스케치.

감성시????

86. 마음 도둑

도둑을 만났습니다
내 마음을 훔친 도둑입니다
처음 눈길에 훅 마음을 빼앗겼습니다
묘한 떨림이 훑고 쏜살같이 지나갑니다

삶에 여유로움이 진하게 베인 탓일까
처음 봤는데도 아! 괜찮은 사람이구나
떨리는 향기로 한달음에 다가옵니다
눈을 마주하고 고개도 끄덕여 주고
신나게 맞장구도 쳐 줍니다
너무 멋져 한눈에 쏙 마음을 빼앗겼습니다

찻집 귀퉁이에 조용히 자리 내어
허드레 하루도 가만히 들어줍니다
슬쩍 미소 지어 설레게 하고
끝날 즈음에는 어색이 무색하게
적절한 시기에 자신을 드러냅니다

배려가 묻어나는 말 한마디
고운 맵시 담담한 자태에
마음을 송두리째 빼앗겼습니다
세상이 온통 행복으로 가득 채워집니다

그 사람의 멋스러운 향기가
한동안 기억 속에 설렘으로 자리합니다
그대가 내 마음을 홀리고 흘고 훔쳐 갔듯이
이제 내가 그대 마음속 텃밭에 마중물을 붓습니다.

감성시기억

87. 취우

깊어진 여름 숲에 앉았습니다
우기라 숲 속에도 비가 잦아듭니다
나무들은 미동도 없이 숨을 죽입니다
두근두근 떨린 속내를 감춥니다
목마름에 오매불망 고운 임이 오셨기 때문입니다

산속 귀 쫑긋한 친구들도 안 보입니다
집 앞 계곡에 물보 막으러 갔나 봅니다
계곡물이 넘실넘실 흥겹게 리듬을 탑니다
후덥지근한 우중이라 바람은 안 보입니나
시원한 큰 나무 그늘에서 한숨 돌리려나 봅니다

숲에 취우가 깃들어 고목은 거친 숨결을 조율하고
파릇한 싹수들은 어깨 쌈에 키재기를 합니다
숲에 취우는 어머니 젖줄이고 사모하는 여인입니다
한동안 안 보이면 목마름에 애가 타고
곁에 있어 넘치면 괜스레 투정을 냅니다
산중은 알 수 없는 아가씨 마음입니다

취우가 깃드는 여름 숲은 풍요로워집니다

전령사 매미가 비가 멎음을 숲에 알립니다

산새도 배가 고픈지 젖은 날갯짓을 합니다

비가 그치고 숲은 다시금 기지개를 켭니다

햇살이 가랑잎 사이로 찰랑찰랑 넘쳐납니다

숲에 취우가 깃들어 산중 하모니를 조율하고

여름 숲에는 짙푸른 행복이 촉촉이 흐릅니다.

취우 : 푸른 나뭇잎에 매달린 빗방울

감성시톡

88. 바람이 숲에 깃들어

산중 바위에 앉았습니다
소나무 참나무 상수리나무 잎새 사이로
상쾌한 아침햇살이 지나갑니다
나뭇잎들이 헤아릴 수 없이 얽혀 있지만
하나도 겹치지 않았습니다
서로를 인정하며 키재기를 합니다

이 산중에 주인이 오셨습니다
오매불망 산들바람입니다
손사래를 치고 휙휙 함성을 지르고
삽시간에 축제에 장이 열립니다

이른 더위에 목마름이 잦아지면
저 멀리 뭉게구름 찾아가 담판 짓고
먹구름 몰고 와 숲에 작달비 뿌리고
가쁜 호흡을 조절합니다

나무들끼리 자리다툼이 심하면
어깨를 다독여 흥분을 가라앉히고
뿌리가 시원찮은 나무는 태풍을 몰고 와
아랫동네 어르신들 불쏘시개로 주든가
아니면 산중 거름으로 씁니다

숲에 산들바람이 불어옵니다
작달비에 젖은 몸 보송하게 말려주고
새들이 놀다 간 자리 말끔하게 치워줍니다
다람쥐와 청설모는 나와서 빗질을 하고
매미도 제 흥에 겨워 노래를 합니다
지나가는 꽃향기에 취했는지
산짐승들도 킁킁대며 목소리를 가다듬습니다

숲에 지혜로운 주인이 있어서
여름은 푸르름을 더하고 가을 햇살에 여무는
산중을 지휘하여, 전체의 하모니를 조율합니다
바람이 깃들어 숲에 질서가 유지되고
바람이 깃들어 숲에 행복이 잦아듭니다.

89. 저무는 강물에 땀내를 씻노라니

거세게 퍼붓던 장맛비가
대지를 뽀얗게 적시고는
작열하는 태양을 뒤로한 채
알곡의 성장 속으로 들어갑니다

대지는 서서히 달아오르고
비지땀은 송골송골 맺혀서
온몸으로 줄줄 타고 내려와서
묵묵한 일과 속으로 들어갑니다

산재한 일들에 마음을 뺏기니
더위는 그저 기우일 뿐이고
허기가 왔다 간 줄도 모르게
하루해가 서산에 걸렸습니다

저무는 강물에 땀내를 씻노라니
평화로운 안도의 숨결에 감사하고
조촐한 저녁 식탁 위에 차려진
푸성귀 소찬에도 행복이 잦아듭니다.

90. 봄밤에

짙은 먹구름 사이사이로 달빛이 흐르듯이
잰걸음으로 사그락사그락 늘 어디론가
낯선 바람길 따라서 바쁘게도 왔는데...

이 밤새워 봄을 재촉하는 단비가
황량한 마음을 풀빛으로 짙게 적셔 놓고는
바쁜 사내들처럼 허둥지둥 지나갑니다.

겨우내 얼음장 같았던 마음의 문이 열리고
살포시 다다른 봄밤에 꽃등 밝혀 놓으니
이녁의 달빛 그림자가 새록새록 붉어집니다.

날 저문 강나루에 내리는 별빛도 흥건하고
쉼 없이 오르던 길섶도 내심 숨통이 트이니
무지렁이로 사는 삶도 그저 꿈결만 같습니다.

91. 고독

방안에 고독이 나와 살고 있다
저녁이면 들르는 집이지만
늘 변함없이 날 기다려준다
적적한 초로의 밤이라
건건이랑 소주 한잔할라치면
맞은편에 앉아서 친구가 되어준다
가끔 내가 들뜨는 날에는
모름지기 피해 줄 줄도 안다
지하도 계단에서 앉아있다 오는 걸까
아무튼 이 녀석온 심성이 참 곱다
우울한 날은 꼭 내 곁에 앉아있다
오늘 밤도 내 곁에서 지새울 모양이다
착한 친구를 두어 그런대로 좋다.

92. 경자년의 봄살

무릇,
겨울이라 하면은
함박눈이 푹푹 내리고 세상은 꽁꽁 얼어서
귀때기가 빨개야지...

밤새워,
겨울비나 푹푹 내리고
막막한 겨울 나목 저리 깔끔하니 씻겨놔
끝눈 치켜뜨는 거 좀 보소.

계절이 어중간히 수상하니,
목련 꽃봉오리도 실룩샐룩할 터
겨울 푹푹 퍼낸 자리에
내 임 소식도 봄바람을 타리다.

간밤에 싱숭생숭 잠 못 들더구먼.
거참! 음산한 꼭두새벽 댓바람부터
야리야리하고 콩닥콩닥한 새가슴에 어물쩍,
상사병이 도진다.

93. 시샘 달, 함박눈.

까마득한 세월이 내린다
하얗게 새하얗게 동그랗게
그리움이 울먹울먹 내린다

희끗희끗한 새치 위에
구부정히 처진 어깨 위에
찬바람에 죽은 듯이 산 듯이
지나온 발자국들이 소복소복 내린다

청춘의 못내 아쉬운 그림자는
하얗게 새하얗게 동그랗게
첫! 봄처럼, 무두룩하게 앉히라 한다.

94. 외눈박이 사랑

변 묻은 개 점 묻은 개 나무란다고
한쪽 눈만 치켜뜨고 뭐가 그리 서러운지
대성통곡에 악다구니한다.

자연의 섭리 따라 물길 흐르듯이
순서 지켜 피는 저 꽃들을 보라
흰 꽃이 이쁘든가
분홍 꽃이 이쁘든가
아니면 붉은 꽃이 이쁘든가
서로가 인정하고 다름을 배워가듯이
세상은 잘 어우러져 알콩달콩 살아갈 일이다.

내 맘에 꼭 드는 사랑이 어디 있으랴.
내 맘에 꼭 드는 이웃이 어디 있으랴.

소풍 길에 동반자로 서로 간에 위로가 되고
좀 더 가졌다면 좀 더 베풀고 매사에 감사하며
다독다독 오손도손 고맙게도 살아갈 일이다.

막막한 세상 혼자 살아가긴 너무 퍽퍽하니,
내 맘과 네 맘을 보태서 하나가 되는 것이다.

95. 길 위에 사랑에게

인생은 보이지 않는 부담 같은 것.
지키지 못할 약속을 하게 되고
쉽사리 그 마음을 바꾸기도 하지.

딱히 정한 완곡한 요구는 없다지만
때로는 아스팔트 위에 넘어지게 되고
준비되지 않은 이별에 당황도 하지.

인생은 녹녹한 시간을 내주지 않을 테니
많이 웃고 미소짓는 것도 잊지는 말아야
사랑을 할 수 있을 때 사랑을 하는 것.

운명도 시나브로 그 마음에 거슬리려니
슬프더라도 가슴팍에 풍경을 달고 살면
인생은 결국 널 안아주리라는걸.

96. 가을비

한낮에 지긋이 닫았던 창문을
먹구름 울먹여 살포시 열었습니다
무에 그리 서러운지 밤새 비는 내리고
창가에 보듯이 간질이는 바람결에
가을인가 하였습니다

폭염 속 이명처럼 울리던 매미 소리도
어둑한 하늘 녘 천둥소리에 놀라선지
소슬바람길로 슬그머니 가버리고
국화꽃 향기 그윽한 달빛 뜨락에는
귀뚜리 소리가 또렷합니다

밤새 추적추적 내리는 빗속으로
마음속 그리운 것들이 사부작사부작
빗줄기 타고 내려와 마음 도리질합니다

한동안 애가 타 여 버겁던 날들도
지나가면 시나브로 그리워지고
삶의 긴 여울을 따라서 도드락도드락
가을비가 하염없이 내립니다.

제목 : 가을비
시낭송 : 최명자

스마트폰으로 QR 코드를 스캔하면
시낭송을 감상할 수 있습니다.

117

97. 붉어지는 것들

아내가 딸과 극장에 가던 일도
여동생이 어머니와 시장에 가던 일도
먼먼 뒤안길에 뒤척여 상기해보니
어쩌면 눈물 나도록 고마운 일이었다

가난한 아버지가 막걸릿잔에
휘저어 마시든 속절없든 눈물도
무지렁이 삶이 더는 부끄러워서
하늘 한번 못 보고 지나는 하루살이의
쪽잠에 겨운 누추한 더부살이도

꽃잎을 따내고 알음알음 열매가 맺히는
유유히 흘러가는 두꺼운 강물 속 울음소리
푸르진 잎새를 물들이는 절실한 사랑이었다.

98. 가을 연서

여름 녘 풀빛 향기는 마르고
강둑을 타오르는 소슬바람 내음에
산등성이 은빛 억새 무리가
정갈한 숨결을 연신 토해냅니다

길섶 수수한 코스모스 하늘 짓에
고추잠자리 한 쌍이 정겹습니다
성근 가지에 매달린 푸른 연시도
아삭 이는 햇살의 낙조를 닮습니다

당신으로 인한 야위어진 마음에
가을 기댄 나무들을 보면서
노을 진 강가 흐르는 물결 위에
애달픈 연서 한 장 띄워 보냅니다

한 마리 풀벌레 울음소리에도
고즈넉한 세상의 귀가 열리듯이
책갈피 속 네 잎 클로버 마른 잎새에
연둣빛 그리움을 새겨 보냅니다.

99. 가을 안부

높다랗디 치달은 파란 하늘을 바라보다가
문득 떠나버린 이가 생각나더라도
더럭 슬퍼하지는 않았으면 해
지나가는 소슬바람 편에 안부 전해주고
아무렇지 않게끔 웃어줬으면 해

짙푸르던 여름날에 성근 나뭇잎들이
가랑잎 되어 바닥에 나뒹굴더라도
덩달아 쓸쓸해지지는 않았으면 해
저녁놀 붉어신 뒷모습이 아름다웠노라고
좋은 기억으로 남아줬으면 해

빛바랜 가로수 길이 스산해 보이더라도
괜스레 눈물짓지는 않았으면 해
동안거의 긴 겨우살이가 지나가고
따뜻한 봄날에 다시 만날 것을 기약하며
마음 한구석이 단단해졌으면 해.

제목 : 가을 안부
시낭송 : 박영애

스마트폰으로 QR 코드를 스캔하면
시낭송을 감상할 수 있습니다.

100. 낙엽 지는 뜨락에서

서리 바람에 잎이 떨어집니다
관리실 아저씨는 낙엽을 쓸고
시인은 쓸쓸한 마음을 씁니다

낙엽은 찬바람이 원망스럽고
아저씨는 낙엽이 원망스럽고
시인은 아저씨를 원망합니다

삶이란 그런 것인가 봅니다
작지만, 의미가 다른가 봅니다
서로가 다른 곳을 보나 봅니다

삭풍에 마지막 잎새마저 떨어지면
입가에 엷은 미소가 모금하겠지요
도무지 알 수 없는 마음입니다.

101. 국화꽃 필 무렵

쪽빛 하늘은 높다랗고
만산홍엽이 죽기로 붉어진들
어쩌자고 부질없다

나부끼는 소슬바람에
낙엽은 길 모롱이 나뒹굴고
축 처진 어깨 위로 스산함이 내린다

반쯤 걸린 만추에 초승달도
고즈넉한 밤을 지새우는 풀벌레 울음소리도
차라리 너와 함께 라야 했다.

102. 만월의 뜨락에서

삶은 그저, 어둠의 긴 터널 속을 내달려
푸름이 붉기를 갈구하는 일이었다

수천 억겁의 빗방울이 바다로 흘러가듯이
시나브로 한 곳으로 다가서는 일이었다

옷깃에 스친 바람의 연가를 얼만 간 되뇌다
차츰차츰 망각해가는 일이었다

시절 꽃잎 차 잘 덖어 정갈한 찻잔에 우려낸
아슴아슴해질 마음을 곱씹는 일이었다.

103. 푸르른 솔아

눈앞에 아른거리던 만산홍엽마저도
제 갈 길로 뿔뿔이 가버린
어느 해 겨울밤

숨통마저 조여오는 적막감에
베란다 창문을 열었을 때
나는 보고야 말았다

언제나처럼 푸르른 갑옷을 두르고
소복소복 내리는 흰 눈을
온통 뒤집어쓰고 있는 너를...

새로이 봄은 시작될 터이고
만개한 꽃들은 저만의 색깔로 일렁이겠지만
바보 같은 너는
늘 푸른 오래된 그 옷을 입고
우두커니 서 있으리란 걸 안다.

104. 갈림길에서

두 갈래 길에서
신중하지 못한 탓에
지독한 독감을 만나고는
한동안 마음고생을 했지만
한 세월 지나고서 뒤돌아보니
한 폭의 어우러진 그림이 되었다
서슬 퍼런 동장군의 기세도
즐거이 견뎌야 하는 것은
봄이 오는 길목이다.

105. 먼 훗날에

삶이 비록 덧없고 고단했거늘 뒤안길은
즐거운 소풍 길 같았다고
잘 덖은 찻잎 우린 찻잔에
고운 시향 한 수 전해지기를...

매 순간 피땀 흘려 열정으로 살았고
이웃에겐 가식 없는 의로운 사람으로
가족들을 사랑했기에
한 줌 그리움으로 전해지기를...

겨울 나목 끝에 맺힌 빗물에 연가가
봄 뜨락에 꽃봉오리 망울 터져 향내 전하듯
바람도 쉬어가는 길섶에
짙은 이녁에 향기가 전해지기를...

106. 동안거

무명 세월에 시나브로 스러지고
머물던 자리에 홀연히 그림자가 없다면
사랑하던 사람들은 내게 무슨 말을 전할까

오늘은 내게 어떤 의미로 남겨지는가
소소한 그림이라도 그리고 있는 건가
어딘지 바쁘게 가는 것은 같은데...
될성부른 그림자가 없다.

동 터올라. 허드렛일 잡다하려나
그걸로 위안 삼긴 허허롭기 짝이 없고
열정 내고 꼬장꼬장하게 가야 할 터인데
상념만이 서리서리 긴 꼬리를 문다.

세월이 가고 나도 가면 허공이리니
동지섣달 하현달이 찬 공기 움츠리면
어렵사리 밑그림이라도 그려 놓고
꿈에 본 씨줄이나 움터야겠다.

107. 이별 연습

앙상해진 나뭇가지 사이로
간간이 흰 눈발이 날리고
무심한 바람이 거들먹거립니다
부서지는 쭉정이의 석양 녘에는
파릇파릇 다가와 밤잠을 설치던 꿈들이
새록새록 가슴에 새겨집니다
봄밤을 지새우던 아롱진 꽃망울은
화들짝! 호랑나비가 되어 오르고
가을 들녘의 야들야들한 햇살은
사랑의 붉은 열매를 남겼나 봅니다
무릇, 낙엽들도 뒤안길로 스러지고
본연의 동토로 가야 할 시간입니다
정든 권속들도 울먹울먹 떠나보내고
지나온 삶의 부피를 줄여야만 합니다
만남은 늘 이별을 예감했듯이…
모름지기 내려놓아야 합니다
속을 게우고 홀연히 비워내야 합니다
자연의 사계는 결연히 돌아보지 않습니다
미련이 없겠냐 묻겠지만, 그래야!
그도 살고 나도 삽니다.

108. 마지막 잎새

겨우내 제 옷가지 차곡차곡 개어두고
완연한 봄비 소리에
조급해진 마음이라
밤새워 뒤적뒤적 하얗게 지새우다
새벽 여명의 영롱한 이슬에
눈 트여 경이로웠다.
가지 끝으로 스며드는 푸른 젖 물에
여린 잎사귀는 새록새록 무성해지고
아웅다웅 부비부비 키재기 삼매에
돌아눕던 여름밤은 짧기만 하였다.
갈 햇살 한 잎 깊게 베어 물고서는
감빛으로 짙어진 옷고름에 당황하고
성난 바람이 먹구름을 토악질하던 그 밤에
채 피지도 못하고 나락으로 떨궈진
성근 잎새는 못내 가여웠다.
담소하던 벗들도 슬며시 간데없고
찬 바람만 슬렁슬렁 내 곁에 다다라
석양길 제 그림자 못내 아쉬운 것은
묵직하게 그리운 것들이 앞섶을 가린다.

109. 겨우내 비우는 중입니다

무릇, 설산이 높다고 한들
하늘 아래의 작은 구릉이요
인간이 더 높이 오르려 한들
내려질 덧없는 욕망일 뿐입니다

햇살과 빗물과 바람이
적당히 조화를 이룰 때
땅 디딘 꽃들은 만발하고
울들 삶에도 웃음꽃이 핍니다

차면 비우는 것은 순리리
다 비우기도 전에 더 채우니
세상 이견이 생기고 탈이 납니다
배 속을 싹 비워야 참맛을 느낀답니다

사람 속에 살아도 고독한 것은
온전히 비우지 못하는 까닭이고
자신을 성찰해 자각하고 비워질 때
온갖 근심들에 너그러워질 것입니다

비 온 뒤에 땅이 굳어지듯이
겨우내 웅크려 기죽지 마시고
이참에 한숨 돌리고 쉬어간다면
새 희망의 봄날은 다다를 것입니다.

110. 겨울 방랑자

시큼털털한 짠지 한 보시기 턱 걸쳐
텁텁한 곡차 한 주발을 들이켜봐도
벗들과 마냥 웃고 떠들어봐도
돌아누운 긴 썩을 놈의 외로움은 나의 친구지

덧없는 뒤안길로 갈 테면 가라지
역류성 식도염처럼 되바라져 올 테면 오라지
거미줄에 걸린 처량해진 이내 신세가
적막강산의 긴 겨울밤을 쓸쓸하게 울어지는가

그나마 날이 푹해서 그나마 날이 좋아서
한동안 웃고 살갑게 부대끼며 지내왔는데
가진 옷가지도 보풀이 헤져 점점 야위어지고
내리는 찬 기운은 또 어찌 견뎌내야 하는가

찬 서리꽃 피우는 하현 달빛 아래로
어설퍼진 옷깃을 여미고 다그쳐 매 봐도
쪼잔하게 엄습하는 이 죽일 놈의 고독감은 어찌하는가
저물어가는 이 길 끝에는 뉘라도 있다 하던가
나 홀로 흰 산야를 그저 처연히 걸어간다네.

111. 겨울밤, 눈은 내리고...

까마득히, 어둑어둑한 하늘 녘에서
하얀 나비들이 나풀나풀 하염없이 날아와
앙상한 나목에는
함박눈 꽃송이가 치렁하고...

꽃 피고 열매 맺는 수고로움 가상타 여겨
한낮의 볕이 쉬어가는 거실벽
더운 자리 내어준
칠팔월 산천을 진동하던 심산 더덕주는
품었던 짙은 향기를 빼곡히 토해내고...

나는,
서재에서 페이퍼의 산문 너덧 줄 암송하다가
이내 꾸벅꾸벅 졸다가는 고개를 떨군다.

흰, 겨울나무야!

너는 동지섣달 긴긴밤을 늘어지게 한숨 자고
좋은 씨앗이나 살지게 품어보렴.
나야 뭐 졸다가 깨다가 견주다 보면
새벽 먼동이 어슴푸레하게 터 오지 않겠냐?

붉은, 산 더덕아!

난 참으로 너와 같아지면 좋겠다.
어쩌면 그리 짙은 향기를 품을 줄 알았더냐?
면벽 속에서 한세월 보내고, 담뿍 무르익거든
나와 같이
자지러지는 향기를 두레질로 길어
멋스레 견주어도 좋겠다.

감성시기획

112. 발그림자

제목 : 발그림자
시낭송 : 김지원
스마트폰으로 QR 코드를 스캔하면
시낭송을 감상할 수 있습니다.

석양빛에 볼그레 물들어가 취한 것인지
숟가락 놓고 꾸벅꾸벅 졸다가는
곤잠에 들어서고 낯선 꿈을 꿉니다

그곳은 그간에 경험한 세상은 아닌걸요
잠들면 가끔 보이는 이 꿈속은 어디일까요

꼬질꼬질한 코흘리개가 쑥스럽던 유년 시절에
눈먼 내리사랑 오롯하시던 소싯적의 어른들은
지금은 어디쯤 머무르고 계실까요

애정넌 이생의 소풍 길이 다 하는 날에는
다시 한번 그분들을 만나 뵐 수 있는 건가요
그리 볼 수 있다면 얼마나 다행일까요

잠들면 꿈속 세상이 말없이 이어지듯이
자정 넘어 그리움이 꿈결로 왔다 갑니다

어두운 밤하늘에 촘촘하게 박혀 빛나는
수많은 저 별들은 이녁을 기억할까요
먼 훗날에 그대도 은하수에 별이 되겠지요

그대에게 감사하는 수많은 인연이 있게끔
나름의 의미 있는 일들을 해야겠네요
끊임없이 지속할 영원한 삶을 위하여...

134

113. 마음의 짐

앙상한 겨울 나목도
찬바람이 응석을 부리니
그 모진 마음을 내려놓습니다.

봄여름 날들을 애태우고
가을 들녘이 저리 저물도록
앞만 보고 총총히 걸어왔는데...
겨우내 그 먼 길을 되돌아갑니다.

푸르른 열매도
빨갛게 익어지면
쓸쓸히 떨어져
그 마음을 어쩌지 못해서
하얀 눈밭 속에
속울음으로 흘려보내는데...

저문 숲에 깃드는 작은 새들의
포르릉 날갯짓에도
푸른 언약 지키지 못한 이내 마음은
사선으로 떨궈지는 겨울비처럼
부서진 마음속에 그리움 되어
새록새록 되새김합니다.

감성시격

114. 지난밤, 천사를 보았다.

무심한 세월에 고단함을 못 이겨
밥 한술 뜨다 말고 스르륵 잠들어
초저녁부터 잔잔한 달빛 베갯잇 베고는
망각의 검은 강물에 빠졌다.

꽃 피고 새우는 아침이 도래하고
푸른 바람결이 더없이 부드러운 것이
여로에 스러진 망각의 하얀 곤잠 속에
세상 편안하게 잠든 천사를 보았다.

어느 해 달빛도 치렁한 봄밤이었나
다정한 처자의 그윽한 눈길에 이끌려
큰 사랑 작은 사랑 살갑게 두었으려나
켜켜이 이어진 밤 근심은 속절없었다.

그런들 어떠하고 저런들 어떠한가
한세월 이녁의 그림자로 의지하면 그뿐이지
무에 그리 애단다고 할 일이던가
그저 어울렁더울렁 살다가 모름지기.

115. 월하독작

옛 임의 향기는 아련하고
모질게 시리온 겨우살이도
망각의 늪으로 짙게 슬어지누나

해마다 꽃잎은 피어오르고
봄기운은 마음 도리질 하누만
지나간 것은 켜켜이 그리움 도리네

내 가슴에 핀 저 달빛! 사 뭇치고
이슬 잦게 내리는 연못 자락에는
정월의 달빛도 구슬피 애달프다

하 시절 고운 임 여의고
달빛 뜨락의 허허로운 봄밤에
나 홀로 잔 들고, 한잔 술을 벗하노라.

116. 코로나19

경자년,
벽두를 강타한 대륙의 강철 바이러스가
겨울잠에서 깨어나려는
봄 정령의 길목을 틀어막고 으르렁댑니다.

생의 젖줄 기인 햇볕의 태동이 한낮을 살피고
서녘을 넘으면,
달의 정기를 삼킨 악의 축생들이
어둠을 지배합니다.

먹이 사슬의 수장인 인간에게 신은 때때로 가혹하지만,
허욕에 대한 수위 조절로 다시금 평이한 일상에
소중함을 자각하게 합니다.

당시 영국을 휩쓴 페스트 악령으로
긴 고립과 격리의 세월을 보낸 아이작 뉴턴은
침묵 속에서,
신의 일정한 규칙들을 찾아냅니다.

정월 대보름 달빛이 저토록 휘영청 한 달밤에
새로이 즐겨야 할 봄날을 준비하는
우아하고 치열한 고립.

골방에 그대와 마주 앉아서
개다리소반에 찰밥 나물 부럼 내어
귀밝이술이나 한잔하면서
삿된 악령들과의 일정한 동행을 준비합니다.

117. 베란다로 보는 늦겨울 풍경

무채색의 두툼한 커튼 허리를
질끈 동여매니,
한 뼘 남짓한 두 빌딩 사이로
겨울 산이 흑곰처럼
듬성듬성한 머리카락을 가까스로 세운다.

너른 담벼락 중간쯤에
버스 정류장을 등지고 서는
아파트 정원에 두 그루 소나무가
기지개 켜는 푸른 손을 너울너울 흔든다.

저 멀리 흐릿하게 늦장 부리는 구름이
잔뜩 비를 머금은 듯하지만
내심은 흰 눈발이 날리기도 간절하다.

막막한 겨울 나목 사이로
그렁한 그리움이 살펴 갔는지
성가신 바람이 언 땅의 정적을 깨트려
어릿어릿 봄이 오려는 모양이다.

118. 겨울이 말을 거는 저녁

내가 집으로 가는 동안에도
차들은 꼬리를 물고 날 따라오고
가벼운 주머니 처진 어깨 위로
천사의 그네를 매달지요

때마침 그 시간에 스러지듯이
내 곁을 지나가는 겨울이라면
누구든지 매달아 놓은 그네로
밤하늘을 훨훨 날아볼 수 있지요

그중에 잠을 자던 어떤 요정 하나가
내 뒤로 슬렁슬렁 다가와서는
두꺼비 이불 같은 흰 겨울 개어
바람 걸린 장대 끝에 널어놓지요

그러면 나는 긴 한숨 뱉다 말고
봄이 오려는 모양이군. 혼잣말합니다
어떤 성급한 겨울 아이가
내 어깨 위에서 그네를 타다가
콧물 한 방울 쓱 훔치는 줄도 모르고...

감성시격

119. 거리의 미학

저 산이 근사하게 보이는 건
멀찍이 떨어져 있기 때문입니다
산중에 올라 찬찬히 살펴보면
곱지 않은 것들도 눈에 뜨입니다

첫눈에 눈을 멀게 했던 사람이
더 이상의 기대치가 없다면
당신과 그 사람의 거리가
그만큼 가까워졌기 때문입니다

가까워지면 보이지 않던 것들이
생각지도 않은 뜻밖의 행동들에
내심 못마땅하게 다가섭니다

예전의 관계 회복을 원한다면
뒤로 두어 걸음 물러나
그 사람을 첫눈으로 보세요
처음 그 사람을 만나
밤잠을 설치고 눈을 떼지 못했던
그만큼의 거리에서.

120. 방 하 착

서설 내린 텅 빈 나뭇가지에
공허한 하늘만 높다랗디 닿아
잔잔한 바람결에도 일렁입니다

푸르던 지난 세월은 낙엽 되고
제 몸에 전부였던 분신들을
하나씩 흙으로 돌려주려 하나

진 잎 보도 블럭 위에 떨어져
갈 곳 몰라 허둥대는 상실감에
바람결에 연 닿기를 바랍니다

불어올 찬바람은 두렵지 않으나
내 마음 빈 하늘 저편에는 아직도
먹구름 간간이 지나가 속절없네요.

방 하 착~ 마음속의 집착을 내려놓는다.

감성시록

감성시객 詩客

김재진 시집

2020년 11월 27일 초판 1쇄
2020년 12월 3일 발행
지 은 이 : 김재진
펴 낸 이 : 김락호
디자인 편집 : 이은희
기 획 : 시사랑음악사랑
연 락 처 : 1899-1341
홈페이지 주소 : www.poemmusic.net
E-Mail : poemarts@hanmail.net

정가 : 10,000원
ISBN : 979-11-6284-248-5